MYSTERY LEAGUE

原書房

欺瞞の殺意

深木章子
Akiko Miki

欺瞞の殺意

目次

昭和四十一年　夏　007
書簡――治重より橙子へ　052
書簡――橙子より治重へ　095
書簡――治重より橙子へ　127

書簡――橙子より治重へ　158
書簡――治重より橙子へ　175
平成二十年　冬　198
白鳥の歌　234
追録　269

主な登場人物

楡伊一郎……………楡家の先代当主（故人）
楡久和子……………伊一郎の妻
楡伊久雄……………伊一郎・久和子の長男（故人）
楡千華子……………伊久雄の妻
楡澤子………………伊一郎・久和子の長女
楡治重………………澤子の夫で婿養子。楡法務税務事務所の所長弁護士
楡芳雄………………伊久雄・千華子夫妻の長男。治重・澤子夫妻の養子

大賀橙子……………伊一郎・久和子の二女

大賀庸平……………橙子の夫。楡法務税務事務所の弁護士

佐倉邦男……………楡法務税務事務所の税理士

兵藤豊………………伊一郎の議員秘書

岩田スミエ…………楡家の家政婦

岸上義之……………治重の弁護人

槙村和博……………東伊野原警察署刑事課長

ダイニングルーム

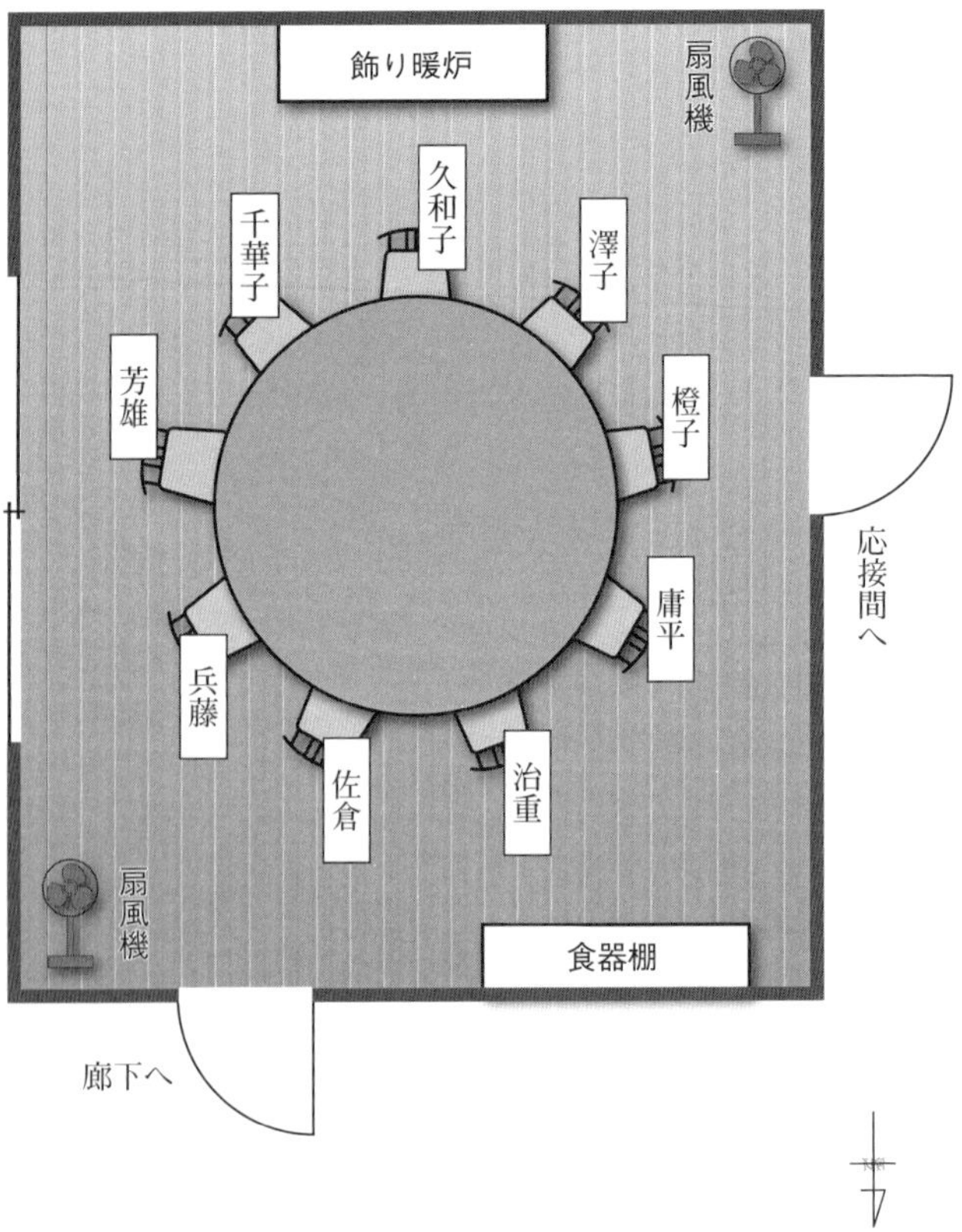

昭和四十一年　夏

昭和四十一年は、いま振り返れば、戦前から続いた古い日本が新しい日本へと切り替わるちょうど境目だったといえるだろう。

住民登録による日本の総人口が一億人を超え、メートル法の完全施行により、尺貫法の使用が法的に禁止されたのはこの年のことである。それはまた、テレビが急速に普及し、〈電通〉が発表している日本の広告費で、テレビ広告費が初めて新聞広告費を上回った年でもある。

巷《ちまた》ではミニスカートが大流行し、車では〈トヨタ・カローラ〉、〈日産・サニー〉が、食品では〈サッポロ一番〉、〈明星チャルメラ〉、〈ポッキー〉など、いまでも広く愛されている国民的商品が初めて発売されたのも昭和四十一年のことだ。

文化的には、ビートルズが初来日して日本武道館で公演。美空ひばりの〈悲しい酒〉や千昌夫の〈星影のワルツ〉がリリースされるなど、演歌・歌謡曲の全盛期だった一方で、テレビ番組〈ウルトラQ〉が放送開始となり、〈怪獣ブーム〉と呼ばれる社会現象が起きている。

世界に目を向ければ、米国を中心とする西側諸国の自由主義陣営と、ソ連を中心とする東側諸国の社会主義陣営との冷戦が続いており、ベトナム戦争の真っ最中。毛沢東主導による文化大革命が始まったのがこの年の五月のことだ。八月には北京・天安門広場で紅衛兵による百万人集会が開催されている。

他方、ソ連の無人月探査機が初の月面軟着陸に成功しているように、当時の宇宙開発競争は、まだソ連が米国をリードしていたことが分かる。

まさに隔世の感で、その時代を実体験した人間にとっては感慨もひとしおだが、なんといってもこの年最大のニュースといえば、おおぜいの乗客・乗員が死亡する旅客機の大事故が、日本国内だけで四件も発生したことに尽きるだろう。

まずは二月四日に全日空機が羽田沖に墜落し、百三十三人全員が死亡。翌月の三月四日にはカナダ太平洋航空機が羽田空港防潮堤に激突して炎上、六十四人が死亡したが、その翌日の三月五日に、こんどは英国海外航空（ＢＯＡＣ）機が富士山上空で空中分解し、百二十四人が全員死亡している。そして最後は、ようやく痛ましい事故の記憶も薄れかけた十一月十三日、またも全日空機が松山空港沖で墜落、五十人全員が死亡している。

飛行機は怖い。誰しもが震え上がったのだが、実はこの年の一月一日から、それまで〈ひとり年間一回かぎり〉とされていた日本人の海外旅行の回数制限が撤廃されている。

戦中から厳しく規制されて来た海外旅行が、戦後二十年を経てようやく自由化され、その後の海外旅行ブームの出発点となったことからも、この年はやはり戦後昭和史における分岐点だったのだと思い知らされる。

その昭和四十一年七月、Q県福水《ふくみ》市の楡《にれ》邸で奇怪な事件が発生した。

楡家殺人事件――。楡家は福水市では名だたる資産家の家柄である。そしてそれは、この事件がたんに楡家の屋敷内で起きたというだけではなく、被害者も加害者も楡家の人間だったこと――すなわち、紛れもない家族内殺人であった事実を如実に表している。

しかも、この日は楡家の先代当主・楡伊一郎《いいちろう》の五七日《いつなのか》の忌日にあたり、新当主の楡治重《はるしげ》以下、家族とごく身近な関係者による三十五日法要が営まれていた。あえてその日を選んでの凶行。死者への冒瀆《ぼうとく》、これに優るものはないだろう。

故伊一郎は明治三十五年生まれ。福水市の市議会議員を七期務めたベテランで、地元はもちろん、党内でも隠然たる力を持つ政治家であった一方、親の代から続く楡法務税務事務所を県内随一の名門事務所にまで押し上げた、名うての弁護士でもあった。

享年六十四。当時の日本人男性の平均寿命が六十八歳とはいえ、早過ぎる死だったといっていい。ゴルフのプレー中に心筋梗塞の発作を起こし、救急車で病院に運ばれたものの、十時間後には死亡するという文字どおりの急死である。

よくも悪くも大きな影響力を持った人物の死だけに、周囲の人間に種々の動揺や不安、はたまた期待や野望をもたらしたことは想像にかたくない。その社会的地位と財力にふさわしく、葬儀もそれは盛大に執り行われたようだ。

もっとも、いま思えばまだまだ牧歌的な時代である。とりわけ冠婚葬祭となると、昔ながらの風習が根強く残っている。

なにしろ医療機関で死亡する人はいまだ全体の四割にも満たず、六割を超える人が自宅で最期を迎えていたのである。会館での葬儀が一般的になったのは昭和六十年代になってからのことで、それ以前は、どこの家でも葬式は自宅で挙げるものと決まっていた。

伊一郎の葬儀も、――そしてその後の七日ごとの忌日法要も――だから当然のように楡邸で執り行われたのだが、無事供養を終えた一同が菩提寺の僧侶を送り出し、茶菓でひと息入れたその席上で事件は起きた。


現場は楡邸内のダイニングルーム。故伊一郎の趣味で、当時の日本――それも地方都市としては画期的といえるモダンな食事室である。

戦後まもなく建てられた個人の邸宅――それも〈お屋敷〉と呼べるほどの豪邸となると、広々とした庭付きの敷地に、平屋かせいぜい二階建ての木造瓦葺《かわらぶき》建物が、昔ながらの風格ある姿を見せているものが多い。

内装は和室を基本としながらも、応接間やダイニングルームなど一部は洋室という和洋折衷スタイルがほとんどで、当時まだ世の中を席巻していた舶来品信仰を反映し、家具や敷物を輸入品で固めた例もめずらしくない。

この楡邸のダイニングルームもその典型で、両サイドに飾り暖炉とアンティークの食器棚を配した室内は、まるで映画の世界のようだ。ピカピカに磨き上げられた板張りの床に、染み一つない漆喰の壁。部屋の中央にでんと収まった特大の木製円形テーブルを、同じく木製の背もたれ椅子が取り囲んでいる。

洋間なのにあえて中華風の円卓を選んだ理由は、そのときどきの人数に応じて、椅子の配置を調節できるかららしい。実際この日も、ぜんぶで九脚の椅子がゆったりとした間隔で並べられていた。

このとき邸内にいた人間は、給仕をする家政婦も入れると総勢十人。

その顔ぶれは、伊一郎の妻久和子《くわこ》を筆頭に、長女の楡澤子《さわこ》。その婿養子で弁護士・楡法務税務事務所所長の楡治重。二女の大賀橙子《おおがとうこ》。その夫で、これまた弁護士の大賀庸平《ようへい》。三年前に病死した長男、伊久雄の妻の楡千華子《ちかこ》。税理士の佐倉邦男《さくらくにお》。そして、伊一郎の議員秘書だった兵藤豊《ひょうどうゆたか》。

いずれも故人の家族か、仕事上ごく近い間柄にあった人物である。

ほかには伊久雄の忘れ形見で、伊一郎の孫の楡芳雄《よしお》。こちらはまだ九歳の子供だが、この子はわけあって、法律上は治重・澤子夫婦の養子になっている。

円形のテーブルだから、どこが上座とは決まっていないものの、これまで伊一郎の定位置だった暖炉の前には、当然のように久和子刀自《とじ》が陣取っていた。

その久和子の左右をそれぞれ澤子と千華子が固め、澤子の隣は橙子、庸平、治重。千華子の隣は芳雄、兵藤、佐倉と順に続く。ちょうど久和子と対峙する位置に、楡法務税務事務所の所長弁護士とそのパートナー税理士が肩を並べた格好である。

もっとも久和子には、亡夫に代わり自分が場を取り仕切る気は毛頭ないようだ。

久和子は明治四十二年生まれの五十七歳。まだ老け込む歳ではないはずだが、もともと病弱なうえにリウマチを患っている。いまも澤子が胸元にナプキンを挟んだり、額の汗を拭き取ったりと、母親の世話に余念がない。

長年高圧的な夫に仕えてきたので、その重しが取れた安堵感の方が大きいのだろう。法事の準備で気疲れしたのか、本人は早くもうつらうつらと船を漕いでいる。

全員が着席するのを見すまして、家政婦の岩田《いわた》スミエがワゴンに載せた飲み物と菓子を運んで来た。

東欧の名高い磁器製食器ブランド・Hのコーヒーカップ&ソーサー。白地に薔薇が描かれたその六客組のコーヒーカップは、故伊一郎がとりわけ愛でていたもので、今日も濃い目に淹れたコーヒーがたっぷり注がれている。

ふだんからコーヒーを飲まない久和子と千華子、そして芳雄にはグラスに注がれた冷たい麦茶。お茶請けの菓子は自家製の大学いもだ。カリッときつね色に揚げたさつまいもを、水飴と醤油・砂糖を煮たタレに絡めた楡家の定番おやつである。

スミエは明治三十八年生まれ。十五歳で、当時でいう住込みの女中として楡家に奉公。十八歳のときいったん郷里に帰って結婚したものの、わずか一年あまりで離婚。その二年後にふたたび楡家に戻って以来、四十年の長きにわたり楡家に仕えている古顔だ。

それだけに貫録は充分で、澤子や橙子など、半分はスミエが育てたといっても過言ではない。飲み物を配る手つきにも自信が溢れている。

室内には首振り扇風機が二台稼働しているが、なにしろ七月のことである。黒一色の喪服はいかんせん暑苦しい。ただでさえ汗ばんでいるところにホットコーヒーが出て来たとあって、もうやっていられない。和服姿の女性陣を尻目に、男性陣はさっそく上着を脱ぎ、ネクタイを緩め始めている。

男たちが脱いだ上着は橙子と千華子が受け取り、皺《しわ》にならないよう、ていねいに各人の椅子の背もたれに掛けていく。英国製の丈の高い背もたれ椅子は、どうやらハンガーの役目もはたしているらしい。

ともあれ、暑さで喉が渇いている。待っていましたとばかり、全員が飲み物に手を出した。兵藤はブラックだが、そのほかの五人はクリームも角砂糖もたっぷり入れる。ちびちびとコーヒーを啜《すす》る兵藤とは対照的に、いたって豪快な飲みっぷりだ。お腹も空いていたとみえて、皆、せっせと大学いもを口に運んでいる。

会話の中心はやはり新当主の治重で、話題はもっぱら二週間後に迫った四十九日法要と納骨式だ。忌明けが近いせいか、誰しも表情は明るい。

「だけどこう暑くちゃね。ほんと夏場の法事は敵《かな》わないなあ」

佐倉が背もたれに掛かった上着のポケットをまさぐり、白いハンカチを取り出して額の汗を拭う。

こんなことにつき合わされるのはつくづくうんざりだ。そんな本音が顔に出ている。ついでに盛大な音を立てて洟《はな》をかみ、さすがに澤子が眉をひそめたものの、意に介するふうはまるでない。

佐倉は大正十三年生まれの四十二歳。楡法務税務事務所に勤務しているわけではなく、もっぱら税務部門を担当するパートナー税理士だ。だから遠慮する必要はないのだが、それにしても伊一郎がいたらぜったいにとれない態度だろう。

それに呼応するかのように、

「あっ、僕もチリ紙を忘れちゃったな」

兵藤が声を上げた。

兵藤は昭和七年生まれの三十四歳。頭が切れるうえに、押し出しもなかなかのものだ。故伊一郎の秘書の中でも頭一つ抜けた存在で、そのオヤジが亡くなったいま、後継者として次期市議会議員選挙に打って出ることは確定事項になっている。

「すみません、気がつかなくて」

すかさず立ち上がった千華子が、懐から数枚のチリ紙を取り出して兵藤の上着のポケットに入れる。

まるで夫婦さながらだが、それもそのはずで、彼らが一つ屋根の下で暮らし始めてすでに一年近くになる。ふたりが事実上の婚姻関係にあることは、いまや後援会でも公然の事実だといっていい。

ハンサムな若手秘書と今年三十三歳になる若き未亡人は絶妙な取り合わせというべきで、亡き息子の嫁と自分の政治秘書をめあわせる——。結婚を人間支配の決め手と信じて疑わない伊一郎ならではの采配だった。

そう思って見れば、それまで税理士として特段の実績もなかった佐倉が、伊一郎のパートナーに選ばれた理由にも納得がいく。佐倉もまた縁故採用で、彼はスミエの従兄の息子だからである。

シビアな事務所経営者がたんなる情で動くはずもない。身の周りは身内で固めるにかぎる。伊一郎なりの計算が働いたことは想像にかたくない。

そうはいっても、佐倉といいこの兵藤といい、現金なものだ。気が置けるオヤジがいなくなり、すっかりリラックスしている様子が見てとれる。

楡家の面々になんとなく気まずい空気が漂ったところで、はやばやとコーヒーを飲み終えた橙子が、

「失礼して、煙草を吸ってもいいかしら？」

和装バッグから紺色の四角い小箱を取り出した。

白い指先を添えて、おもむろに口に咥《くわ》えたのは両切りのピース。当時の代表的な高級紙巻煙草である。

すかさず庸平が上着のポケットに手を入れて銀色のライターを取り出し、妻の煙草に火をつける。と、それを待っていたかのように、佐倉と兵藤もズボンのポケットをまさぐり始めた。ふたりとも愛煙家なのである。

「いや、これをどうぞ」

庸平は佐倉と兵藤にも一本ずつピースを勧めると、最後に自分の分を取り出して旨そうに吸う。

あたかも己の分際を心得ているといわんばかり——。亭主関白があたりまえの時代にあって、麗しい夫婦愛ともいえるが、見ようによっては卑屈な態度でもある。

りっぱな弁護士でありながら、家庭でも事務所でも常にナンバーツー。それでも怪しむ者とていない不動のポジションだが、むろん、そこには理由がある。

実は、庸平は三顧の礼で楡家の一員に迎えられたわけではない。それどころか、最初から橙子とは格が違うといわんばかりの扱いだったのだが、それというのも、彼はもともとは楡法務税務事務所の事務職員だったからである。

昭和二年生まれの庸平は、橙子より十二歳年上の三十九歳。生来努力家だったようで、高校卒業後、すぐに楡法務税務事務所に就職しているが、堅実な仕事ぶりが目に留まったのだろう。伊一郎の勧めもあって、夜間大学の法学部に進学した。

法学部を出たからといって、すぐに合格できるほど司法試験は甘くはない。卒業後も仕事のかたわら勉強を続けた結果、めでたく二十倍を超える難関を突破。二年間の司法修習を終えて弁護士資格を取得した五年前から、楡法務税務事務所の勤務弁護士になっている。

当然ながら、伊一郎の信任は厚い。堅実でまじめな生活態度も折紙つきだ。とはいうものの、だからこの庸平が高く評価されたかというと、それはまた別の話になる。事務所の後継者と便利な使用人。その二つの間には、揚子江並みの大河が流れているからである。

当時はまだ伊一郎の長男の伊久雄が健在で、しかも非常に優秀だったらしい。父親の跡を継ぐべく弁護士になってからは、妻千華子との間に芳雄という男児も儲け、公私ともに順風満帆。楡家もこれで安泰だと思われていたのだが、不幸なことにまだ三十三歳という若さで病没している。いまから三年前のことで、死因はくも膜下出血だった。

ひとり息子を失った伊一郎の落胆は想像に余りあるが、それはそれ、跡継ぎを失ってもなお、彼の脳裡に、代わりとして庸平が浮上することはなかったようだ。

名門事務所の看板を背負うからには、それに見合うだけの箔が求められる。そう考えた伊一郎は、法曹界の知人・友人に働きかけ、大々的な募集活動を開始した。その結果、白羽の矢が立ったのが若きエリート弁護士の治重だったことになる。

その治重は昭和十二年生まれの二十九歳。旧帝国大学の出身である。大学では、将来の教授候補として期待されていたらしいが、学者になったところで高収入は望めない。家庭の事情から、やむなく実務家の道を選んだという逸材だ。

ひいき目に見ても好男子とはいいがたい庸平と違い、長身で端整な目鼻立ちが人目を引く。家柄は悪くないのに、早くに父親を亡くしたため、母ひとり子ひとりの母子家庭育ちであることもかえって都合がいい——。伊一郎が満足したのも道理で、実をいえば、彼の本音はたんなる事務所の後継者探しではない。そこには、彼一流の壮大な家庭再編計画が含まれていたのである。

楡家には、亡くなった伊久雄のほかにも澤子と橙子、ふたりの娘がある。
長女の澤子は昭和九年生まれの三十二歳。二十三のときに一度嫁いでいるものの、子供ができないまま五年ほどで離婚。いうところの出戻りである。

治重をその澤子と結婚させ、楡家の婿養子にすると同時に、事務所後継者として迎え入れる――。伊一郎の狙いは明快そのものだった。

そしてむろん、それは世間によくあることでもある。実際、話はトントン拍子に進んだのだが、彼の思惑はそれに止まらない。ゆくゆくは、溺愛する孫の芳雄を楡法務税務事務所の後継者とする――。実はそれこそが伊一郎の悲願で、要するに、婿養子はその間のつなぎというわけだ。

事実、伊一郎・久和子夫婦と治重の養子縁組は、最初から治重・澤子夫婦と芳雄の養子縁組との抱き合わせになっており、この縁談に乗る以上、治重にはそもそも拒否権などなかったといわざるを得ない。

もっとも養子縁組といっても、治重夫婦が手元で育てるわけではない。伊久雄が亡くなったとき、芳雄はやっと六歳になったばかり。いまでもまだ九歳という幼さである。当然ながら、母親から引き離すことには無理がある。

実際の監護養育は、現状のまま実母の千華子に任されるのが当初からの取り決めで、なにしろ楡家は福水市でも有数の資産家だ。未亡人となった千華子には、夫名義の瀟洒《しょうしゃ》な邸宅が遺されたほか、生涯生活に困らないだけの収入が保証されているという。

プライドの高い男なら断ってもおかしくない縁談だが、治重に迷いはなかったようだ。破格ともいえる多額の結納金や、将来にわたり実家の母親への仕送りが約束されたことも、治重の背中を押したことは疑いがない。

　昭和三十九年四月、縁組は成立した。ときに治重二十七歳、澤子三十歳、芳雄七歳――。同時に楡法務税務事務所に入所した治重は、その時点で、先輩格の庸平の上司となったことになる。

　他方、二女の橙子は昭和十四年生まれ。社交的で華やかな姉と違い、どちらかというと内向的な彼女は、その性格でかなり損をしているといっていい。そこが地味な庸平と似合いだといえばいえるところで、このふたりなら御しやすい――。抜け目のない伊一郎が目をつけたのだと思われる。

　使い勝手のいい二番手同士。橙子は結局、庸平と婚約・結婚させられている。

　手っ取り早く人を搦《から》め捕るに、結婚ほど便利なものはない。古今東西、あまねく使われてきた手法とはいえ、伊一郎のこういった強引なやり口が、今回の悲劇を招く遠因となった事実は否定できないだろう。

　出席者それぞれにそれぞれの感慨があり、思惑がある。公私ともに彼らを牛耳ってきた権力者の死後、事態はどう変貌していくのか――。疑心暗鬼に陥る中、それでも皆、内心をむき出しにするほど愚かではない。

　少なくとも表面上は和やかに進行していたティータイムに異変が起きたのは、その直後のことだった。

　それまでごくふつうに振る舞っていた澤子が突如として吐き気を催し、苦しみ始めたのである。

病弱な久和子とは対照的に、澤子は健康そのものの丈夫な身体の持主である。その澤子の突然の異変に、誰もが驚きを隠さなかったのはいうまでもないが、それでも初めは、これを暑さと過労からくる一時的な不調だと捉えていたようだ。

しかし、ときが経っても、澤子の症状は治まるどころではない。むしろ悪化する一方だった。とりあえずダイニングルームの隣の応接間に運び込み、三人掛けのソファに寝かせているものの、嘔吐に加えて腹痛がひどいらしい。

橙子と千華子で抱きかかえるようにトイレに連れて行くが、なにしろ苦しみ方が尋常ではない。これはもう救急車を呼ぶしかないとなって、治重が電話に向かった。

電話は玄関を入ってすぐ、応接間の手前の電話台の上にある。

「原因はよく分からないのですが、とても苦しそうですので、どうかよろしくお願いします」

開け放されたドア越しに、治重の声が響く。

救急車をタクシー代わりに使う者も多い昨今と違い、警察にしろ消防にしろ、庶民にはまだ〈お上〉に対する感覚が残っていた時代である。楡家が一一九番に電話をするのはこれが初めてのことだったが、話はすんなり通じたようだ。

通報を終えた治重は、

「すぐに救急車が来てくれるからね。もうだいじょうぶだ。頑張りなさい」

明るい声で澤子にいい聞かせている。

これでもうひと安心だ。病人の世話は女性陣に任せ、治重を含めた男たちは着席したまま、手持ち無沙汰の時間を過ごすこととなったが、悪いことは重なるものらしい。心配も重なり、朝からの疲れがどっと出たものか、こんどは久和子が気分が悪いといい出した。

こちらはべつに重症ではなさそうだが、もう若くはないだけに気にかかる。大事をとって休むことになり、スミエが付き添って奥の居室に向かう。

とかくするうちに救急車の到着である。通報から十三分後、救急隊が担架に乗せた澤子を運び出したときには、したがって、ダイニングルームには庸平、佐倉、兵藤、芳雄――、男ばかりが四人残される結果となった。

夫の治重は本当なら一緒に病院に向かうところだが、身内ばかりとはいえ、今日は家に客人がいる。どの道、介護の場面に男の出番はないこともあって、澤子の付き添いは橙子と千華子に任せることで決着がついた。

実際、この段階では誰の顔にもさほどの緊迫感はない。

治重は玄関先で救急車の出発を見送ると、ダイニングルームに戻り、

「澤子はいま病院に向かいました。お騒がせしてどうもすみません」

頭を下げた。

「だけどお義姉《ねえ》さん、どうされたんでしょうね。さっきまで、あんなに元気そうだったのに」

庸平が声をかける。

「それが分からないんだ。本人にも心当たりがないらしくてね」

治重の言葉に、

「我々がなんともないんだから、食中毒ではないだろう」

佐倉がとりあえず一同の内心を代弁した。

今日の昼食は、僧侶も交えた全員で同じ仕出し弁当を食べている。朝食は各自が自宅でとっているが、それだって久和子と治重に症状が出ていない以上、食中《しょくあた》りの可能性はかなり低そうだ。

「たぶん急性胃炎じゃないかな」

「きっと過労ですよ。お義姉さん、朝から働きづめだったから」

治重と庸平がうなずき合う。

それを潮に、

「ねえ、あっちに行っちゃダメ？」

退屈しきっていたらしい芳雄が、兵藤に向かって甘えた声を出した。

「いいよ。僕も少し外の空気が吸いたい。一緒に行くか？」

兵藤が気軽に答える。

まるで本当の父子のような会話から、少なくともこれまでのところは、彼らの共同生活が順調であることが窺《うかが》える。

兵藤と芳雄の姿が消えたことで、結局ダイニングルームに残されたのは、治重、庸平、佐倉の三人。奇しくも、伊一郎亡きあとの楡法務税務事務所を背負う弁護士ふたりと税理士で、それは同時に、楡家とは血のつながりのない顔ぶれでもある。

気がつけば、飲み物も食べ物も空になっている。ティータイムは自動的に終了となったが、誰も席を立とうとはしない。互いに探るかのように、顔を見合わせている。

伊一郎の急死を受け、治重が新所長に就任することは決まったものの、新体制の具体的な進め方は未定のままだ。葬儀や法事の準備を始め何かと雑用に追われ、三人でじっくり協議をする時間がなかったのである。

「本当は、四十九日がすんでからと思っていたんだけどね。ちょうどいい機会だから、いま話をさせてもらうよ」

はたして、佐倉がおもむろに口を開いた。

「実は、事務所の名称のことなんだがね。私から一つ提案がある。ご承知のとおり、うちの事務所は楡法務税務事務所と称しているわけだが、あなた方の仕事は法律関係だけで、税務関係はもっぱら私が担当している。つまり、名称と実態が一致していないんだな。これはちょっと問題じゃなかろうか？

これまでは伊一郎先生がいたから、それもやむを得なかったけどね。こうなったからには、現状に合わせて、楡・佐倉法務税務事務所とするべきだと思うんだが、どうだろう？　いまのままでは、私はパートナーではなく雇われ税理士だと誤解されかねない」

前々から談判をする決意で、口に出すきっかけを窺っていたのだろう。その口調に逡巡の跡はない。

無言で目を合わせる治重と庸平に、

「それから、もう一点。私はこのさい、経費の分担についても計算方法を考え直すべきだと思うんだな」

佐倉はさらに追い打ちをかけた。

「いまの方式は、伊一郎先生がいわば一方的に決めたもので、合理的な根拠に基づくものじゃない。このままだと、明らかに税務部門の負担が大き過ぎるんだ」

断定的な物言いに、もはや遠慮する理由はない――。自負と確信が溢れている。

対照的に、残りのふたりには戸惑いの色がありありと浮かんでいる。

「佐倉さんが仰《おっしゃ》りたいことは分かりますけどね。いまこの場でする話じゃないでしょう」

渋い表情の治重に、

「ですよね」

庸平が大きくうなずきを返す。

だが、そんな反応はとっくに織り込みずみだったようだ。

「だから、本当は四十九日がすんでからと思っていたといっただろう？　べつに一刻を争う話じゃない。だけどこうなると、日ごろの不満がいっきに噴き出すことも事実でね」

佐倉は意味ありげな笑みを浮かべると、

「あの兵藤君だって、さていつまでおとなしくしているかな？　伊一郎先生が彼を高く買っていたことは本当だが、だからといって、先生が本気で秘書風情に地盤を譲る気だったとは思えない。とりあえずは彼を後継者に指名するけれど、いずれは芳雄君に大政奉還させる手筈《てはず》を整えていたに決まっている。

なにしろ、そのための布石として嫁の千華子さんを人身御供《ひとみごくう》にしたくらいだ。並の神経だったらできることじゃない。だがまぁ、それも先生の目の黒いうちは、ということだ。抜け目のない兵藤が、それに気づいていないわけがない。彼が近く動き出すことは間違いないね」

　心なし声を潜めた。

「動き出すとはどういうことですか？」

　治重が詰め寄る。

「彼は近々千華子さんと結婚するつもりだよ。入籍して楡姓を名乗り、楡家の人間として伊一郎先生の後釜に座るということだ。その結果、当選して地盤を固めてしまえば、あとはもうこっちのものだからね。楡家のカネコネを利用するだけ利用したあとは、さっくり千華子さんと離婚することだってあり得ると、私は睨《にら》んでいるよ」

「なるほど」

「ま、生前にどんな手を打とうが、あくまでも生きているうちのことだ。死人が死後の世まで支配しようというのは、どだい無理な相談なんだな。そうでしょう？　治重先生。おたくだって、他人事ではないんじゃないですか？」

　一転して重苦しい空気が立ち込めるものの、どちらからもそれ以上の発言はない。さっきから無言の庸平が、そんなふたりの顔を見比べている。

　じっとりとした沈黙が続く中、事態を打開したのは、突如あたりに鳴り響いた電話の着信音だった。

　ホッとした顔で、治重が玄関に出て行く。

「ああ、千華子さんですか」

　ドア越しに漏れ聞こえるところからすると、電話をかけて来たのは千華子のようだ。ということは、橙子は澤子に付き添っているのだろう。案に相違して深刻な話らしいが、ダイニングルームに座るふたりには、話の内容は届かない。

　しばしの静寂が続いた。

　やがて戻って来た治重の険しい顔つきに、庸平も佐倉もそれまでの渋面を一変させ、思わず居ずまいを正している。

「どうでしたか？」

　庸平の質問に、治重は力なく頭を振った。

「千華子さんから電話で、いま医者から説明があったそうです。それによると、容体は非常に悪いらしい——。意識もはっきりしないようです」

「原因はなんですか？」

「それはまだ検査中ということで。いずれにしても、このまま入院になることは間違いないでしょう。早めに夕飯をすませて、僕も病院に行くことにします。千華子さんたちには、それまで澤子の付き添いをお願いしておきました」

「そりゃ、たいへんだ。早く行ってあげた方がいい。私もそろそろ失礼しますよ」

佐倉もさすがに深刻な声を出す。

とりあえずは休戦宣言だ。とはいえ、ひとたび放たれた矢は二度と元に戻ることはない。神妙な顔の裏にうごめく疑心暗鬼――。

ふたたび気まずい沈黙がその場を支配した。


楡澤子が死亡したのは、その晩の午後十時過ぎのことである。

死因は急性ヒ素中毒。致死量を大幅に超える亜ヒ酸を経口摂取したことが原因で、吐しゃ物から高濃度のヒ素が検出されている。

ヒ素は単体での毒性は強くないが、その酸化物である亜ヒ酸はわずか〇・一五グラムで成人が死に至るほどの猛毒だ。しかも無味無臭、白色の粉末状で水溶性が高い。古今東西、広く毒殺に使われてきたゆえんである。

鑑定の結果、ティータイムに澤子が飲んだコーヒーカップからヒ素が検出されたところから、澤子本人も含めた何者かが、意図して彼女のコーヒーに亜ヒ酸を混入させたことはほぼ疑いがない。

ちなみに、同時にコーヒーを飲んだ他の五人（治重、庸平、橙子、佐倉、兵藤）のコーヒーカップ、麦茶を飲んだ残りの三人（久和子、千華子、芳雄）のグラス、そして大小の皿に残っていた大学いものタレからは、ヒ素は検出されていない。

それはともかくとして、問題のカップがまだテーブル上にある段階で、早くも警察が介入する事態になったのはなぜなのか？　考えてみればふしぎな話だが、真相が分かってみればなんのことはない。澤子を診察した医師が警察に通報したのである。

事実、この地を所轄する東伊野原警察署の刑事が楡邸に乗り込んで来たのは、千華子から電話があったわずか二、三分後のことだった。

とはいっても、これは令状を請求しての強制捜査ではない。そんな時間がなかったことは明白で、あくまでも任意捜査としての事情聴取ならびに家宅捜索なのだが、そこは警察である。有無をいわせぬ迫力で、さっそくダイニングルームの捜索を開始した。

当主が弁護士と知りながらの強行突破だから、これはもう、警察としても腹を括《くく》っての行動だといっていい。

それにしても警察といい病院といい、ずいぶんとすばやい行動には違いない。よほどの事情があったことが窺われるが、そこにはなるほど彼らが焦るだけの理由があったことが、のちに判明している。

その一つは、病院に運び込まれた澤子が、激しい嘔吐や下痢・腹痛といった消化器症状に加え、呼吸不全にニンニク臭の呼気、チアノーゼや血圧の低下など、典型的なヒ素化合物による中毒症状を示していたことである。

当時はまだシロアリ駆除剤として亜ヒ酸が使われていたので、その気になれば、素人でも容易にヒ素を手に入れることができた。事実、楡家においても、使い残りの亜ヒ酸が物置に保管されていたことが分かっている。すなわち、当日楡家にいた人間は誰でも入手が可能だったことになる。

同じ機会に同じものを摂取した者に異常がなく、澤子だけにヒ素中毒の症状が出たとなれば、彼女が飲んだコーヒーにヒ素が混入していたのではないか？　医師が疑うのは当然というもので、一刻も早く現場を押さえる必要があることは明白だ。

そしてもう一つ、医師を驚かせたのはほかならぬ澤子の発言で、むしろこちらが決定打となった可能性が高いだろう。

それというのも、ヒ素中毒の疑いがあるとなれば、まずは患者本人から話を聞かないといけない。そう判断して、あえて付き添いのふたりを遠ざけた担当医に対し、

「助けて。殺される――」

朦朧《もうろう》とする意識の中で、澤子はそう訴えたのである。

仮にそれがヒ素中毒の神経系症状の一つ、譫妄《せんもう》のなせる業だったとしても、到底聞き流せる内容ではない。その時点で、ベテランの担当医は迷わず警察に連絡をしている。

何者かが澤子に毒を盛ったとすれば、それが付き添いの千華子や橙子ではないという保証はない。結果として、病院側は彼女たちに嘘の説明をしたことになるが、はたしてそこに警察の入れ知恵があったのかどうか――。

だがもちろん、楡家にいる連中はそんな事情を知る由もない。

「旦那様。警察の方がお見えなんですけど……」

困惑気味のスミエがダイニングルームに顔を出したとき、だから治重・庸平・佐倉の三人は、

知らぬが仏で無意味な睨み合いを続けていたことになる。

「警察だって？」「なんだろう？」「なんですかね？」

口々にいいながら応接間に移動した彼らは、なんと総勢六人におよぶ警察官の到来に度肝を抜かれたようだ。

しかも、それだけではない。玄関の外には、数台の警察車両に加え、さらに数人の警官が待機しているらしい。まるで死体発見現場のような物々しさである。これはただ事ではない。

驚愕のためか、はたまた緊張のためか、治重の白い頬がかすかに震えているのが見てとれる。この家の当主であれば無理もないだろう。

「じゃ、私はこれで」

いち抜けとばかりに退散しようとする佐倉を、

「いや、ちょっとお待ちください」

警察官のひとりが押し止めた。

「事情がありまして、皆さんからお話を伺う必要があります。申しわけありませんが、この屋敷にいらっしゃる方は全員、しばらくおつき合いをお願いします」

それは一行の中では責任者と思われる五十がらみの男で、東伊野原警察署の戸守《ともり》だと名乗る。

制服ではなくふつうの背広を着ているところをみると、いわゆるお巡りさんではなく刑事なのだろう。小太りで、眼光鋭いといったタイプではないが、立居振る舞いにはそれなりの貫録がある。

楡家がどういう家であるかは承知しているようで、口調はいたって丁重だ。もっとも口と腹とはまったくの別物らしく、その目には断固たる決意が漲《みなぎ》っている。

「それと、もう一点。さぞご不快だとは存じますが、緊急事態の発生ということで、任意捜査として屋敷内の検分をさせていただきたい。ついては、家宅捜索の承諾をお願いいたします」

　事前の連絡もなく乗り込んで来た警察官の、それもぶしつけともいえる要求にも、根っからの紳士なのだろう。治重は荒い声は上げなかった。

「私は当家の主の楡治重ですが、これはいったいどういうことでしょうか？」

　キッと気色ばんで、それでもあくまでも穏やかに問い質《ただ》す。

「驚かれることでしょうが、実は先ほど、楡澤子さんが救急車で運ばれた伊野原総合病院から通報がありましてね。担当医から我々に寄せられた情報によりますと、奥様の病状には重大な疑義があることが判明しています。

　ありていに申しますと、奥様は、この数時間以内に相当な量の毒物を摂取された疑いが濃厚だということです。病院ではいまも懸命の治療が続いていますが、はっきりいって予断を許さない状況かと思われます。

　ところで聞くところによりますと、こちらでは今日、先日亡くなられた楡伊一郎氏の三十五日の法要が執り行われ、そのあと、ご家族の皆さんで茶菓を召し上がったそうですが、時間的にみて、毒物はその席上で摂取されたと考えざるを得ません。

　ついては、ぜひとも皆さんから事情をお聞きし、現場を検《あらた》めさせていただく必要があります。

どうかご理解のうえ、協力をしていただきたい」

　戸守が決然と口上を述べた。

　思いもしなかった展開に、楡家側の面々は返す言葉もないようだ。廊下からドア越しに様子を窺うスミエも含め、全員、唖然とした表情で立ち尽くしている。

「重ねて申し上げますが、ことは急を要しています。奥様が倒れたのはたんなる病気ではなく、事故か事件の可能性が非常に高い。いまここで捜査をしなければ、証拠が消滅したり散逸したり、取り返しがつかない事態になりかねません。ムダに時間を浪費しないためにも、どうかご協力をお願いします」

　オブラートに包んではいるものの、「あなた方の中に、澤子さんに毒を盛った犯人がいます」といっているに等しい。

「分かりました」

　ようやく治重がうなずきを返した。

　警察がここまでいう以上は、抵抗してもムダというものだ。弁護士なだけに、経験からそう判断したのかもしれない。幸か不幸か、ダイニングルームには、さきほどのティータイムの残骸がそっくりそのまま残っている。

「自由に調べてくださってけっこうです。ですが、いまの話が本当だとすると、私もこうしてはいられません。とりあえず病院に行かないと――。あとのことは、ここにいる義弟の大賀弁護士と相談してもらえますか？」

楡家当主の言葉は、しかしちょうどそのとき、

「たいへんだ。芳雄が倒れている」

血相を変えて駆け込んで来た兵藤の喚《わめ》き声にかき消された。

日ごろの隙のない物腰はどこへやら、もつれた足取りが動揺の大きさを物語っている。応接間の一隅に居並ぶ見知らぬ男たちに目をくれる余裕もないらしい。

「どうしたんだ？」

治重の問い掛けに、

「分からない。でも、ちょっとヤバいかもしれない。とにかく救急車を呼ばないと」

いいながら、その足で玄関に向かおうとする。

「なんだって？」

治重と庸平が顔を見合わせるより早く、刑事たちの顔色が変わる。

楡家の幼き御曹司・楡芳雄が急性ヒ素中毒により死亡したのは、それから数時間ののち、澤子の死より一時間早い午後九時過ぎのことだった。


故伊一郎の祭壇は、母屋の十畳の表座敷と八畳の居間をぶち抜いた急拵《きゅうごしら》えの広間に設置されている。

この地方では昔から、四十九日が過ぎるまで、葬儀に使われた祭壇をそのままにしておく風習がある。七日ごとの法要もそこで営まれるので、期間中は、供え物の生花や果物にお香の匂いが

混ざり合い、部屋中にむせ返るような空気が充満することになる。

葬儀の当日には、一面にえび茶色の座布団が敷き詰められ、それでも入りきれない人々が広縁や廊下にまで溢れていたものだが、いまではそれも幻に過ぎない。妙に華やかでなまめかしい白木の祭壇だけが、静寂の中でひっそりとその存在を誇示している。

芳雄は、その葬儀会場となった広間の畳の上で、うずくまるように倒れていた。すでに意識はないようで、周囲からの呼びかけにもまったく反応がない。おそらく澤子同様、激しい吐き気と下痢に見舞われたのだろう。便所まで行く体力がなかったとみえて、吐しゃ物まみれの身体が強烈な異臭を放っている。

子供だから症状が重いのか、それとも摂取した分量が多かったのか——。どちらにしても、危険な状態であることは素人目にも明らかだ。

芳雄もまた急性ヒ素中毒を起こしたことはほぼ間違いない。広間に集まった刑事たちは、救急隊の到着も待たずにさっそく現場の検分を始めている。

もっとも、部屋中を探し回るまでもなく収穫はあった。芳雄のズボンのポケットから、くしゃくしゃに丸めた数枚のチョコレートの包み紙が見つかったのである。

といっても、誰が見てもすぐにそれと分かる、あのチョコレート色の板チョコ包装紙や、その下の銀色のアルミ箔ではない。一枚がせいぜい十センチ四方のやや厚手の銀紙で、表が金色のものもあれば、赤や青のカラフルに着色されているものもある。

その形状からみて、ナッツやクリームやヌガー入り、あるいは無垢やがらんどうのものなど、とりどりのひと口チョコが一粒ずつ包まれている高級チョコに相違ない。乱暴に開けたものか、銀紙の端が一部ちぎれているものもある。

「どなたかこの包み紙に見覚えがありませんか？」

戸守の質問に、楡家側の全員が大きくうなずいた。

「それは、伊一郎先生がいつもコーヒーと一緒に召し上がっていたチョコレートですね。ヨーロッパからの輸入品で、どこでも売っているものではないので、何箱かまとめ買いをしてあったんです」

兵藤が断言したが、すぐに続けて、

「ですが、これは私や千華子が与えたものじゃありませんよ。この子の母親はしつけに厳しくて、虫歯になるからと、チョコレートはぜったいに食べさせないんです。子供が勝手に取り出さないように、確か台所のいちばん高い棚に置いてあったはずですし」

首をかしげている。

「さようでございます。チョコレートやキャラメルは食べさせてはいけないと、わたくしも千華子奥様からきつくいわれております」

スミエも口を添える。

だとすれば、ヒ素は麦茶ではなくチョコレートに仕込まれていたのかもしれない。症状が現れた時間を考えると、むしろその可能性の方が高いだろう。

犯人がひそかに与えた毒入りチョコを、芳雄はこの部屋でこっそりと味わったのではないか？

刑事たちの眼差しががぜん鋭さを増したのは当然というものだ。

兵藤の話によれば、ふたりそろってダイニングルームを出たあと、芳雄とはすぐに別れたのだという。

伊一郎亡きいま、この楡邸の住人は四人になっている。すなわち、久和子とスミエのほかには、治重・澤子夫婦だけ。そのうち久和子は奥の座敷を、若夫婦は離れの二間を居室にしている。庸平・橙子夫婦と千華子は独立して居宅を構えているので、邸内に専用の部屋はない。当然、芳雄も同様だ。

いつもなら座敷と居間が使えるのだが、いまは祭壇が設《しつら》えられている。それでも一間幅の広縁があるから、子供にとっては充分なスペースだ。芳雄はここで持参した漫画を読んでいたらしい。あたりに四、五冊の漫画本が散乱している。

「しばらく庭でぶらぶらしたあと、芳雄を探しに来たらここで倒れていたんです」

兵藤が説明する。

「それまでの間に、芳雄君の姿を見た人はいませんか?」

戸守が周囲を見回すが、声を上げる者はいない。

「あなたはどうです? 姿は見ていなくても、何か気がついたことはありませんか?」

ひょっとして、家政婦なら何かを目撃しているのではないか? こんどはスミエを名指しするが、

「わたくしは大奥様がお休みになるまでお着替えを手伝ったり、床を延べたりで、さきほどまで

ずっと奥にいましたので……」

こちらも首を横に振る。

この調子だと、チョコレートを与えた人物の特定は難航するに違いない。

そうこうするうちに救急車が到着し、そうなれば、何はさておき芳雄の搬送が最優先だ。邸内はにわかに慌ただしくなった。

「私も一緒に救急車に乗れますか？」

兵藤は当然、自分が芳雄の保護者だと思っているようだ。

「いや、僕も病院に行くから。僕の車で一緒に行こう」

治重の言葉は、けれど、

「いえ、それは困ります」

戸守のひと言に遮られた。

「病院には芳雄さんのお母さんがいらっしゃることですし、あなた方にはここで捜査に協力していただかないといけませんから」

「だけど芳雄だけじゃない。私の家内だって危ないんですよ。予断を許さない状況だといったのはそちらじゃないですか」

いまにも玄関に向かおうとする治重の腕を、背後からべつな刑事がぐいと掴《つか》む。

そこに至って、さすがの治重も感じるものがあったらしい。

「何をするんですか？」

初めて抗議の声を上げたが、

「ご協力をお願いします」

石像のような戸守の無表情に、

「分かりましたよ」

ふたたびため息まじりのうなずきを返す。

元来が争いを好まない性格なのか、何か考えがあってのことか、その言動から本心は読み取れない。

「要するに、我々は容疑者だということなんですね？」

「ご理解いただきありがとうございます」

いっきに緊張が高まる中で、ふたりの男はしばし無言で睨み合いを続けていた。


その後の捜査により判明した事柄のうち、捜査陣が特に注目したものは大きく分けて二つあった。

その一つは澤子殺害に関するもので、ティータイムの席上で配られた六客のコーヒーカップのうち、亜ヒ酸が検出された問題のカップは、取っ手の内側が一部欠けていたという衝撃の事実。そして、まさにそれゆえにそのカップは――偶然ではなく――意図的に澤子の前に置かれたという事実である。

家政婦のスミエの証言によれば、取っ手の損傷に気づいたのは澤子本人で、

「あら、やだ。ここ、欠けちゃってるわ」

広間での法要が終わり、台所でお茶の支度を始めたとき、ダイニングルームの食器棚から客用コーヒーカップを運んで来たスミエに注意をしたのだという。

見れば、確かにカップの取っ手部分の内側が一部剝がれ落ちている。

故伊一郎愛用の大切な食器だから、自分では慎重に取り扱っていたつもりでも、前回洗ったときにうっかり傷つけてしまったのだろうか？

実をいうと、スミエは最近とみに目が悪くなっている。細かな模様や色の区別がつきにくい。白内障らしいのだが、要するに老化現象だ。

「申しわけありません。ぜんぜん気がつかなくて……」

恐縮するスミエに、

「困ったわねえ。だから、食器を洗うときはよく注意しなさい、って、いつもいってるでしょ？輸入品だから、簡単に補充できるものと違うし」

澤子はひとしきり嘆いてみせて、それでも最後は、

「でもまぁ、しょうがない。なんとかごまかすしかないわね。とりあえず今日のところは、このカップは私に配ってちょうだい。間違っても、兵藤さんの前には置かないでよ。千華子さん、他人の粗探しが大好きなんだから」

しぶしぶながら指示を与えたらしい。

客人に欠けた食器を出すわけにはいかない。主婦であればあたりまえの感覚だが、捜査陣の関

心は、澤子とスミエの間で交わされたこの会話を聞いていた者がいたかどうか？　そこに集中した。

　取っ手の一部が剝がれ落ちているとはいえ、パッと見て目立つほどではない。ましてやそのカップが誰に配られるか、第三者に予測できるはずがない。

　しかし、もしそのカップが確実に澤子に配られることを知っている人間がいたとしたらどうか？　その人物が当該カップに亜ヒ酸を仕込んだ犯人だとすれば、澤子個人に対する殺意はきわめて明確なものになる。

　とはいうものの、そう簡単にことが運べば、誰も苦労はしないというものだ。

「そのとき、台所には澤子様とわたくししかおりませんでした。あとから橙子様も手伝いに来てくださいましたけれど、橙子様にはそのお話はしておりません。できれば、大奥様や橙子様には内密にすませたいと思ったものですから」

　スミエはそう断言している。

　そうでなくても、誰がいつどのように問題のコーヒーカップに亜ヒ酸を混入させたのか、そこが解明されないかぎり捜査の進展は望めない。スミエが台所にカップを運んで来てからコーヒーが配られるまで約三十分――。つまりは、その間の各人の行動が鍵となるわけである。

　もっとも、ホットコーヒーができ上がった時点で台所にいたのはスミエただひとりで、あとのメンバーは全員ダイニングルームで着席していたことは疑いがない。その中の誰であれ、カップに亜ヒ酸を混入させた者がいるとすれば、まだコーヒーが注がれる前だったことは間違いないと考えられた。

ところが、捜査はそこでまた暗礁に乗り上げる。実際のところは、法要が終わってからティータイムが始まるまで、各人がどこで何をしていたかは、結局当人の自己申告に頼るほかなかったからである。

そもそも、スミエにしたところでずっと台所に張りついていたわけではない。屋敷の広さと家族の微妙な距離感が、捜査陣にとっては思わぬ伏兵だったといえる。


あたくしは、住職様をお見送りしたあとはずっと座敷の方におりました。祭壇のお供え物を片づけたり、お花の手入れをしておりましたので――。本当でしたら、これは長男の嫁の千華子の仕事なんですけどね。あの人ときたら、伊久雄が亡くなってからは家のことは知らんぷりですから。どうやら自分はお客様のつもりらしくて――。

ですから、あたくしに台所に行く暇などあるわけがございません。だいたい、お台所のことは澤子に任せておりまして、あたくしはふだんからほとんど奥におりますのよ。


警察の事情聴取で、久和子はそう述べている。

楡家の刀自たるプライドもさることながら、短い話の中にも、嫁姑の確執が浮き彫りになっている。

もっとも、久和子が血のつながった澤子や芳雄の殺害を企てることは考えにくい。久和子は事実上、容疑者からはずれていたといっていいだろう。

その千華子だが、彼女はあらかたの時間を庭で過ごしていたという。


私もお手伝いしようと思って台所に行ったんですけど、澤子さんに用事はないといわれてしまって――。いいえ。確かにコーヒーカップは調理台の上に並べられていましたけど、私は何も気がつきませんでした。だって、取っ手の内側が欠けているかどうかなんて、チラッと見ただけで分かるものじゃないでしょう？

しかたがないので、皆さんのお邪魔にならないよう、庭に出て池の鯉に餌をやっていました。その間に誰かに会ったかということですか？　途中、芳雄がやって来ましたけど、すぐにまたいなくなりましたから。それ以外、あの子がどこで何をしていたのかは存じません。ほかに顔を合わせた人はいませんので、私がずっとそこにいたという証明はできませんわね。

ですけど、私は誓ってそのあと台所に足を踏み入れてはおりません。だいいち、誰にどのカップが当たるかも分からないのに、六個のうち一個にだけ毒を入れるなんて、どう考えてもおかしくありません？　それに芳雄――。なんで私が自分の息子を殺さなくちゃいけないんですか？


息子が亡くなったうえに殺人の疑いまでかけられているとあって、憤懣《ふんまん》やる方ないらしい。千華子は息巻いたが、本人にいわれるまでもない。彼女にとって、芳雄はたいせつなひとり息子である。澤子はともかく芳雄殺害の動機となると、千華子犯人説にはどう考えても無理がある。

では、兵藤はどうか？　こちらも千華子同様アリバイがあるとはいえないが、さりとて供述に不審な点があるわけではない。

楡邸は、千華子や芳雄と違って、私にとっては他人様のお宅ですからね。庭ならともかく、家の中を勝手に歩き回るわけにはいきません。ちょうどいい機会なので、伊一郎先生の書斎で蔵書の整理をしていました。亡くなられてから間もないので、まだ片づいていないんですよ。

その間に一度、トイレに行ったときに台所の近くを通りましたけど、中には入っていません。そういえば、そのとき芳雄が台所から出て来たのを見ましたね。きっと冷たいものでも飲みに来たんでしょう。声は掛けなかったので、そのあとどこに行ったのかは分かりません。それ以外は、うーん、アリバイを証明しようにも、残念ながら誰とも会っていませんね。

残る四人のうち、庸平と佐倉は、その間ずっと応接間で喫煙かたがた雑談をしていたと述べている。事実、彼らの姿がほかの場所で目撃された情報はない。

私も佐倉さんも、法要が終わってからダイニングルームに移動するまで、応接間から一歩も出ていません。それは誓って確かですよ。灰皿があるのは応接間とダイニングだけですし、身体がだるくてあまり動きたくなかったもので――。実をいいますと、私はこのところ体調がよくないんです。家内の勧めで漢方薬を飲んでいるんですが、あんまり効かないんですよ。まぁ、煙草を止めればいいことは分かっているんですがね。

これは庸平の供述だが、佐倉の供述とも一致している。どちらもヘビースモーカーだから、応接間に腰を落ち着けるのも当然だし、いい歳の男がふらふらと台所を覗く理由もない。一応のアリバイは認められるといえるだろう。

他方、橙子と治重のふたりはそれぞれ台所に出入りしたことを認めている。

あの日はとても暑かったんですよ。ただでさえ着慣れない喪服で汗をかいたので、洗面所でお化粧を直していたんです。なので、お茶の支度をするのが少し遅くなりました。

私が台所に行ったときには、たまたま姉の澤子はいなかったんですが、スミエさん――私たちは婆やと呼んでいるんですけど――、婆やはコーヒーを淹れたり、熱いおしぼりを用意したり、忙しく働いていました。もちろん私も、大学いもを大皿に盛りつけたり、お鍋を洗ったりしましたよ。手伝いもしないでお茶を飲んだら、あとで姉に何をいわれるか分かりませんもの。

ひとりきりになる時間があったかどうかといわれれば、なかったとはいえませんね。台所用品の貯蔵庫が隣にあるので、婆やは台所を出たり入ったりしていましたから。コーヒーカップの用意はもうできていて、調理台の上に並べられていました。ですけど、べつにめずらしいものでもあるまいし、私は手を触れていないどころか、ろくに見てもいません。ましてや取っ手の内側が欠けているなんて、分かるはずがないじゃないですか。

ほかに誰か台所に来なかったかという質問ですか？　もちろん、姉は戻って来ましたけど、それ以外は誰も――。そのときの姉の様子ですか？　私にはふだんと変わらないように見えましたね。あの人は、自分こそが楡家の大黒柱だと思っているんです。いつだって我がもの顔で台所を仕切っていましたから。

橙子の供述からは、姉妹間に多少ならず軋轢《あつれき》が存在した事実が窺われ、またその気になれば、彼女には犯行が可能であったことも認められる。

だがもちろん、それだけのことで橙子を疑うのは早計に過ぎるだろう。動機からいっても、彼女を犯人とするのはいささか無理筋だといわざるを得ない。澤子と芳雄を排除したところで、肝心の治重が残っている以上、楡家においても楡法務税務事務所においても、橙子夫婦が実権を握ることはできないからである。

それだったら、最初から治重殺害を企てる方がよっぽど効率的ではないか？　捜査陣の中でも、かかる意見が大勢を占めたのは当然というもので、そうとなれば、おのずと結論は見えてくる。

犯人候補の本命は、したがって最終的に楡家当主の治重に収斂《しゅうれん》されたのだが、その治重はつぎのように述べている。

法要が終わったら、気が抜けたせいかドッと疲れが出ましてね。最初は離れの自室で休んでい

たんですが、喉が渇いたので、澤子が戻って来たのと入れ違いに台所に行きました。まだ昼間ですからビールはマズいにしても、サイダーでも飲もうかと思いまして――。家内は主婦なので、来客があるといつも率先して動くんですけどね。あの日はとても暑かったので、さすがにひと休みしたかったんだと思います。話はしていませんが、特に変わった様子はありませんでした。

台所に行くと、スミエさんの姿はなくて、代わりに芳雄がビン入りのオレンジジュースを飲んでいるところでした。冷蔵庫から勝手に取り出したんでしょう。あの子は、とにかく母親の千華子さんが厳しいですからね。もう四年生だというのに、ジュースも好きに飲ませてもらえないんです。

あのときも、私に叱られると思ったんじゃないかな。焦るあまりジュースをテーブルにこぼしちゃいましてね。台所のふきんで拭こうとしたんですが、そんなことをしたらふきんにオレンジの色がついて、盗み飲みがバレちゃうでしょ？　私のハンカチを貸してやろうと思ったんですが、あいにくとハンカチを忘れていて――。しかたがないから、便所からチリ紙を持って来て汚れを拭き取ってやったんです。

コーヒーカップですか？　確かに、調理台の上に空のコーヒーカップが並んでいましたね。だけどよく見たわけじゃないですから。小さな傷なんか目に留まらないし、そうじゃなくても、私がカップにヒ素を仕込むわけがないでしょう？　だって、ことによったら自分が飲むかもしれないんですよ。

芳雄が出て行ったあと、私も間もなく離れに戻りました。その間、誰とも会っていません。だからまぁ、アリバイはないといえばないですね。
そこでまた、入れ違いに澤子がお茶の支度に出て行きました。いま振り返ってみれば、そのときが家内とふたりだけになった最後だったわけですが、本当になんの気なしに過ごしてしまいました。でもどう考えても、今回の事件を予感させるような兆候はなかったとしかいいようがないですね。

治重の供述に格別不審な点はない。犯行のチャンスがあったからといって、犯行があったと断定できないのはあたりまえだ。

とはいえ、問題は今回の騒動が澤子殺害事件だけではないという点にある。同一の機会に同一の毒物が使われた芳雄殺害事件は、この二つの事件が密接に関係しているのみならず、同一の犯人により敢行された蓋然性を強力に示唆している。

そして、捜査陣が摑んだもう一つの事実。それは治重にとってまさに致命傷といえるものだった。これはもういい逃れができまい。警察内部においては、この時点ですでに結論が出たといっても過言ではない。

決め手となったものは、芳雄のズボンのポケットから見つかったひと口チョコの包み紙――。夏場の暑い盛りのことで、それらの包み紙には、わずかながら溶けたチョコレートが付着していたのである。

そのチョコレートから亜ヒ酸の成分が検出されたことにより、芳雄は何者かによって毒入り菓子を与えられた事実が確定したのだが、ことはそれだけでは終わらなかった。

銀紙のうちの一枚は、――おそらく犯人がチョコレートに亜ヒ酸を仕込むさいに力を入れ過ぎたのだろう――端が一部ちぎれていたのだが、そのちぎれた銀紙の破片が、治重の喪服の上着のポケットから発見されたからである。

関係者全員の所持品検査――。警察は、楡家に乗り込んで来た段階でいち早く、ダイニングルームに残されていた男性陣の上着をまとめて確保していた。

結果的には、当主の治重が警察の事実上の強制捜査に異を唱えなかったことが敗因となったのだが、捜査陣にとっては願ってもない僥倖《ぎょうこう》、治重にとっては一世一代の不覚というべきだろうか。

とにもかくにも、これをもって楡家で発生したヒ素中毒事件の捜査は大きな転機を迎えたのである。

すっかり容疑者になり下がった治重だったが、案に相違して、本人はかたくなに犯行を認めようとはしなかった。

妻の澤子も養子の芳雄も自分にとっては大事な家族で、殺意など抱くはずもない。これはとんでもない濡れ衣だ。上着のポケットに銀紙の切れ端が入っていたのは自分の与《あずか》り知らないことで、誰かの陰謀としか考えられない――。治重はそう主張したのである。

これに対し、警察も世間もきわめて冷ややかであったことはいうまでもない。

そもそも治重にとって、楡家との養子縁組は大きな魅力だったに違いないが、その前提となる出戻り娘との結婚には不満があったに決まっている。ましてや、故伊久雄の遺児との養子縁組に至っては論外だろう。養父の存命中はおとなしくしていたものの、その分心中では憤懣が鬱積していたはずで、目の上のたんこぶが消えたのを幸い、本性を現したということだ——。大方の見方は一致していた。

楡家の当主とはいえ、しょせんは外様である。頼みの澤子が死んだいま、一族の中にすら味方はいないのが実情だ。

そして、弱り目に祟《たた》り目。孤立無援の中でも否認を貫いていた治重に、追い打ちをかけるように本人の不倫疑惑が発覚した。警察が押収した膨大な資料の中から、不倫の現場を捉えたと思《おぼ》しき一枚の写真が見つかったのである。

いったいどんな画像かといえば、ラブホテルが建ち並ぶ繁華街を、ぴったり肩を寄せ合ったひと組の男女が歩いているというものだ。

後ろ姿にもかかわらずその男が治重だと断定されたのは、髪型や体型に加え、舶来生地で仕立てた背広と首に巻かれている海外ブランドのマフラーが、治重の持ち物とそっくり同じだったからである。

一方、相手の女はどうやら素人ではなさそうだ。黒いフェルトの帽子と派手な栗色の巻き毛が、強烈にその存在を誇示している。昭和四十一年当時の福水市では、かなり目に立ったと考えていい。

亡くなった澤子は、この写真を本棚の蔵書に挟んでいたようだ。興信所の報告書の類は見つかっていない。だとすれば、この写真を隠し撮りしたのは澤子自身だった可能性もある。

そうであれば、救急搬送された伊野原総合病院で、

「助けて。殺される——」

彼女が担当医に訴えたというのも納得がいく。

吹きつける逆風についに観念したものか、楡治重が同期の弁護士に伴われ、捜査本部のある東伊野原警察署に出頭したのは、事件の発生から三週間後のことだった。

澤子殺害と芳雄殺害。いずれもすんなり容疑を認め、ただし動機については詳細を語ろうとはしない。

「すべては私の心の弱さ、身勝手さのなせる業です。殺されたふたりにはなんの罪も落ち度もありません」

疑惑の決め手となった愛人の存在についても固く口を閉ざしたまま、徹頭徹尾それで押し通している。

捜査陣も戸惑いを隠せないほど急転直下の展開だが、こと犯行の態様に関するかぎり、治重の供述は終始一貫していた。

問題のカップの取っ手に傷をつけたのは自分である。やったのは前日の夜。こうしておけば、プライドの高い澤子のことだから、欠けたカップは自分が使うに決まっている——。それが本当なら、治重の思惑はドンピシャリと当たったことになる。

コーヒーカップの底は白色で亜ヒ酸の粉末も白色なので、空のカップに仕込んでもさほど目立たない。白内障のスミエなら気づかないであろうことは、当然計算に入れてあったに相違ない。

芳雄に与えたチョコレートは、台所に保管されていた買い置きの箱から適当な五粒を取り出し、銀紙の包み紙を開いて爪楊枝で穴を空け、亜ヒ酸の粉末を仕込んだという。

「芳雄、ちょっとおいで。いいものをあげよう」

養父兼義理の叔父から声をかけられれば、芳雄は飛んで来るに決まっている。

「ほら、チョコレートだよ。だけどママに見つかると叱られるからね。あとでひとりになってから食べるんだよ」

上着のポケットに隠し持っていた毒入りチョコをこっそり渡したまではよかったが、うかつにも、ポケットの底に銀紙の破片が残っていたのが運の尽きだった。

エリート弁護士が嵌《は》まった落とし穴は、こうしてみると、あんがい単純なミスだったといえよう。

逮捕・起訴された治重は、公判が始まっても主張を変えることはなく、第一審による無期懲役の有罪判決がそのまま確定している。

世間を震撼させた名門一家の毒殺事件も、終わってみれば、数あるニュースの一つに過ぎない。当事者の心のうちはともかく、世間的にはほぼ忘れ去られたまま、四十年以上の歳月が流れたことになる。

書簡――治重より橙子へ

橙子様

突然手紙を差し上げる非礼をどうかお許しください。

さぞびっくりされたことでしょう。いや、それどころか、驚きや困惑を通り越して怒りを覚えていらっしゃるかもしれません。

忘れもしない、あの裁判が終わった昭和四十二年からすでに四十年以上。

平成二十年の今日まで浮世から隔絶され、ある日突然、竜宮城ならぬ刑務所から舞い戻った浦島太郎――。いまの僕には、それ以外に自分を形容する言葉が見当たりません。

無期懲役刑。それが僕に与えられた刑罰でした。

あれだけ凶悪なことをしながら、死刑にならないのは納得できない――。世間にそんな声が多かったことは、僕の耳にも入っていました。無期懲役だと命が保証されるだけではない。仮釈放でいずれはシャバに舞い戻って来るというわけです。

かくいう僕自身、これが他人事であれば同じことを思ったかもしれません。けれど、現実はそんなに甘くはありません。無期懲役の受刑者が仮釈放の許可を得ることがいかに困難か、人々はおそらく想像もできないことでしょう。なにしろ、曲がりなりにも弁護士だった僕でさえ、いかに認識不足だったかを痛感させられたからです。

もっとも、昔はそれでもいまよりだいぶ緩やかだったようです。中には十数年という短い期間で仮釈放された例もあり、それが世間一般の誤解を招いたきらいがありますが、仮釈放の運用状況は年々厳しさを増しているのが本当のところです。

実際、ここ数年の実績でいうと、無期懲役刑の受刑者が仮釈放になる割合は一パーセントにも達しません。

また同じ無期懲役でも、死刑に近い無期懲役と有期懲役に近い無期懲役では扱いが異なるのは当然で、ましてや故意に人の命を奪った殺人犯となれば、審査の基準も格段に厳格になります。早くいえば、ふたりも人を殺《あや》めた受刑者にとって、仮釈放の可能性はほとんどゼロに等しいといっても過言ではないのです。

僕の場合も、弁護人の献身的な努力――それも多方面に向けての働きかけ――が功を奏したことはもちろんですが、それに加えていくつかの偶然的事情が重ならなければ、到底この結果を得ることはできませんでした。

とはいえ、仮釈放はあくまでも仮釈放に過ぎません。無罪放免ではないことはもちろん、刑期をすっかり終えての満期出所とも根底から異なるものです。

僕は現在、身元引受人となってくれた岸上義之《きしがみよしゆき》弁護士のもとに身を寄せております。仮釈放の場合、本来なら弁護人ではなく、家族か親族が身元引受人となり、自宅に戻るのがふつうなのですが、もはや僕には家族と呼べる人間も自宅といえる場所もありません。そうでなくても、恩を仇《あだ》で返した形の楡家にいまさら顔を出せるはずがないでしょう。

それに、弁護人にも家族があり生活があります。いつまでも彼の好意に甘えているわけにはいきません。今後はできるだけ早く借家かアパートに引き移り、生涯、保護観察対象者としてひとり静かに余生を送るつもりでおります。

それはいいけれど、肝心の生活費はどうするのか――。あなたの声が聞こえるようです。疑問を持たれるのは当然でしょう。

けれど、ご心配にはおよびません。幸いなことに、僕にはぜいたくをしなければ食べていけるだけの経済的基盤があるからです。

あなたもご存じのように、僕は、逮捕された時点で亡き伊一郎氏の遺産の相続放棄をしていますが、個人としていくばくかの預貯金は持っていました。その預貯金が現在もそっくり残っているためで、これほど心強いことはありません。

これらはすべて弁護人の尽力の賜物ではありますが、本当なら、損害賠償の支払いで一文なしになっても文句はいえないところでした。それを許してくださった楡家の方々には感謝の一語しかありません。

それにしても、人生の大半を罪人として生き、罪人として一生を終える――。そんな男からぶ厚い封書が届いて、喜ぶ人間がいるはずもないでしょう。それは重々承知しておりますし、あなたの心の平穏を乱すことは、決して僕の本意ではありません。

四十年という歳月は途方もなく長いものです。あの事件のあと、あなたがどれほどの辛酸をなめられたことか、想像するだけで胸が痛みます。

頼みの夫を亡くされ、母親と義姉をつぎつぎと見送り、たったひとりで楡家を守ってきたあなたがようやく手に入れたであろう静かな老後の日々――。そこにずかずかと足を踏み入れる真似はしないつもりです。

橙子さん。それでもなお、僕がいまこの手紙をお送りするのはなぜなのか、ご理解いただけるでしょうか。実は僕には、どうしてもあなたにお伝えしなければならないことがあるからなのです。

僕が最後にあなたとお会いしたのは、もう四十二年も前のことになります。

二度とふたたびこの人と相まみえることはない――。固い決意を胸に押し込めながら、それといわずに別れを告げたあのときの気持ちは、いまなお忘れることができません。

僕が逮捕・勾留されてから、裁判中も含め、あなたが何度も僕や僕の弁護人に接触を試みてくださったこと。そして私が服役してからも、一度ならず刑務所まで面会に来てくださったこと。僕は、そのたびにどれほど歓喜と安堵に震えたことでしょうか。そして同時に、心のうちでどれほどあなたに詫びたかしれません。

それでも、万が一にもあなたを巻き添えにしてはいけない――。心ならずも恥ずべき犯罪者となった僕には、公的にも私的にも完全にあなたと決別する以外、あなたを守る術《すべ》はありませんでした。

あなたとの面会を拒絶したばかりか、手紙の授受すらしなかったのは、少しでも妥協をしたが最後、決意を曲げずにいる自信がなかったからにほかなりません。

そうはいっても、自分の心を欺くのはむずかしいものです。あの日から今日まで、僕は一日たりともあなたを想わずに眠りについたことはない。それだけは断言できます。

あなたは、僕たちが初めて出会った日のことを覚えていらっしゃるでしょうか。

春の午後の淡い陽射しを背中に受け、藤色の和服に身を包んだあなたがひっそりと庭先に佇んでいるのを見つけたのは、僕が初めて福水市の楡邸を訪れた日のことでした。

僕があなたに目を留めるその瞬間を待っていたかのように、あなたはこちらを振り向いた――。そして、そのまっすぐな眼差しでまじまじとこの僕を見つめたことを、昨日のことのように思い出します。

橙子さん。あなたは、そのときすでに、未来の義兄が自分の運命を左右する存在となることを知っていらしたのですね。

当時の僕は二十六歳。新進の弁護士として社会的には認められていても、本物の愛とは何かを知る由もない、頭でっかちの青二才に過ぎませんでした。

他方、あなたは二十四歳。充分に成熟した大人の身体でありながら、まだどこか初々しさの残る年ごろらしく、ほんのりと刷《は》いた紅が白い頬を染め、背中までかかる黒髪がさらさらと風に揺れていました。

過去に一度結婚生活を経験し、二十九歳の女ざかりだった澤子は、あざやかな朱色の和服に高く結い上げた髪がよく似合っていましたが、そのあでやかな美貌も、ひと房の藤の花のような清楚な佇まいの前には、咲き誇るガーベラの毒々しさになぞらえるべきだったでしょうか。

ふたりの目が合ったあの一瞬に、僕たちの心は固く結ばれていたのだと、僕は信じています。伊一郎氏の意向がどうであろうと、僕たちは結婚すべきだった――。その確信は、ときが経つにつれて深まるばかりです。

人生の岐路に立ったときこそ、人はすなおに本能に従うべきなのでしょう。けれど、僕は愚かにも打算と妥協の道を選び、それが大人の印――すなわち理性というものだと思い込んでいました。

すべての不幸はその最初の誤りから始まったのです。

この際、はっきり申し上げましょう。僕は無実です。

自ら警察に出頭して罪を認め、無期懲役の判決にも控訴しなかった人間が何をいうか――。世《よ》迷《ま》い言《ごと》としか受け取られないことは承知しています。実際、再審請求を提起するたびに、弁護人も僕も激しい非難を浴びたものです。

ですが、澤子と芳雄を殺した人間は断じて僕ではありません。もう一度いわせてください。僕は無実です。そして橙子さん。あなたも本当はそれをご存じのはずです。

なぜなら、よもやお忘れではありますまい。僕たちはあの事件の直前、ふたりの将来についてしっかり話し合いをしたばかりでした。この先何が起きようと、それに惑わされることなく、ふたりの世界を守り抜こう――。僕たちは固く誓い合ったのです。

その僕が、あなたにひと言の相談もなく、せっかくの決意を台なしにする暴挙に出るわけがありません。

僕たちが、それぞれ心ならずも不本意な結婚をしてしまったこと。そして、どれほどそれを後悔しようと、起きてしまったことをなかったことにはできないこと――。その厳然たる事実の前に、僕たちはなすすべがありませんでした。

むろん、何もかも捨てて、ふたりで新天地に飛び出すという選択肢はあったでしょう。いや、むしろそれこそが、僕たちにとって唯一の正解だったことは分かりきっています。

とはいうものの、澤子にも庸平さんにも罪はありません。彼らとて、何一つ悪いことをしてはいないのです。自分たちの都合で第三者を傷つけていいわけがない。僕たちにもその程度の良心はありました。

しょせん、楡家の人間は誰もが伊一郎氏の持ち駒に過ぎません。互いに恨み言をいえる筋合いではなかったのです。

しかし――幸いにして、といったら語弊があるでしょうが――、その伊一郎氏の急逝により、事態は大きく変わることになりました。僕たちは、図らずも氏の重いくびきから解放される結果となったわけです。

専制君主だった家長の死は、家族の生活にも劇的な変化をもたらさずにはすみません。妻の久和子さんはいわずもがな、他の人たちもそれぞれホッとした部分はあったでしょうが、誰よりもそれを実感した人間がこの僕であることは確かでした。なにしろ二十九歳の若さで楡家の新当主になったのです。これほど大きな変化はありません。

そうとなれば、それまでひた隠しにしてきた僕たちの秘め事も、当然ながら新たな展開を迎えることになります。

仮にことが露見したとしても、もはや恐れるものはありません。ならば、いまここで騒ぎを起こして事態を紛糾《ふんきゅう》させるより、現状のままひそやかに——しかし断固として——ふたりの関係を続けることが、楡家にとっても僕たちにとっても、さしあたり最善の道であることは明らかでした。

僕たちの未来は開けていました。いつかときが来たら、ふたりはかならず名実ともに一体となる——。そんな状況で、どうして僕が澤子と芳雄を殺害したりするでしょうか。誰よりも僕の気持ちを知っていたあなたに、それが分からないはずがありません。

たとえ全世界から糾弾されようとも、弁護人とあなただけは僕の無実を信じてくれている。その確信なしには、僕は今日まで無事生きて来られませんでした。

では、あのときおまえはどうして罪を認めたのかと不審に思われるのはもっともですが、当然ながら、そこにはよんどころない事情がありました。

完璧に理解していただくことはむずかしいかもしれません。けれど、なぜ僕がそんな不可解な行動をとったのか。

　本題に入る前に、ここで少し説明をしたいと思います。


　妻の澤子と養子の芳雄が、こともあろうに伊一郎氏の三十五日法要の日に毒殺されたあの事件は、僕にとってまさに青天の霹靂といえるものでした。

　なぜこんなことが起きたのか。皆目見当がつかないとはこのことです。僕は、怒りや悲しみを覚える前に頭を抱えずにはいられませんでした。

　怨恨なら怨恨、強盗なら強盗で、どれほど残虐な事件でもそれなりに納得はできます。しかし犯人が不明なら犯行の動機も分からない――。得体の知れない出来事ほど不気味なものはないからです。

　けれど僕を脅かした最大の問題は、ふたりの命を奪った犯人がどこかの誰かではなく、あの日あの場にいた人間の中に確実に存在するという事実でした。

　それはいったい誰なのか。単純に考えて、あのとき楡邸にいた十人から被害者のふたりと僕たちを除けば、残るは六人となります。とはいえ、どう考えてもその六人の中に犯人がいるとは思えません。彼らは全員が楡家の一族か、一族同様に近しい人なのですから、これはあたりまえの話でしょう。

　東伊野原警察署の刑事たちが楡邸に踏み込んで来たあのとき、僕は渦巻く疑問で頭がいっぱいで、楡家の当主として警察と対峙し、その強引な捜査に異議を唱えることすら忘れていました。

正直、弁護士として失格だったといわざるを得ません。

もっとも、そんな状態は長くは続きませんでした。

いうまでもなく、死んだ芳雄のズボンのポケットから出て来たひと口チョコの包み紙――。その銀紙の切れ端が、あろうことか僕の喪服の上着のポケットから発見されたためで、この事実をもって、僕は被害者の遺族から一転、加害者の筆頭候補に躍り出たことになります。

そして、不運は重なるものです。ティータイムが始まる前、喉が渇いたのでサイダーでも飲もうと台所に出向いたことも、僕にとってきわめて不利な要因となりました。

そのときスミエさんが台所にいなかったのはまったくの偶然であって、僕が予見できるはずもないのですが、僕には台所でひとりきりになる時間があった――。その事実だけがひとり歩きを始めたのです。

財産目当てで結婚した妻を排除するべく、彼女のコーヒーカップに亜ヒ酸を仕込み、やむなく養子縁組をした妻の甥は、毒入りチョコレートを与えて殺害する――。警察から見れば、確かに僕ほど殺害の動機と機会を持っている人物はいないでしょう。彼らが楡治重犯人説に飛びついたのは、当然といえば当然のことでした。

結局、僕は最後までこの厳然たる事実に苦しめられたわけです。

しかしながら、何度も申し上げているとおり、芳雄に毒入りチョコを与えたのは僕ではありません。それは神かけて間違いないことで、そもそも、僕は伊一郎氏が愛したそのチョコレートには手を触れたことすらないのです。

これはもう、何者かが僕を陥れるために、あえて僕のポケットに銀紙の切れ端を忍び込ませたとしか考えられません。そして、それは取りも直さず、犯人のターゲットは澤子と芳雄のふたりだけではなく、僕をも含めた親子三人だった——というより、むしろこの僕が大本命であった事実を示していると思われます。

つまり、僕の周囲には僕の破滅を虎視《こし》眈々《たんたん》と狙う敵がいたわけで、そうとも知らずに新当主として得々としていた僕は、なんともおめでたい人間だったことになります。

だとしても——。いま思い出しても、僕は怒りに震えずにはいられません。追い落とすべき当の本人を殺害するのならまだ分かります。盗人にも三分の理で、殺す方にもなにがしかの言い分が認められる余地はあることでしょう。

けれど、なんの罪もないその家族を血祭にあげ、妻子殺害の濡れぎぬを着せて一家全員の抹殺を謀る——。なんとまあ卑劣な奸計《かんけい》でしょうか。あきれるほかありません。

この計略の秀逸なところは、なんといっても、僕が自ら疑惑を晴らすことがほぼ不可能だという点にありました。

僕を陥れた人物が自白でもしないかぎり、僕の上着のポケットに毒入りチョコの包み紙の切れ端を入れたのが自分ではないと証明することはむずかしい。これは俗に悪魔の証明と呼ばれるもので、誰であれ、自分が何かをしたことを証明することはできても、何かをしなかったことを証明することは不可能なことを意味しています。

そして、そんな僕をさらに窮地に追い込む出来事が発生します。警察による家宅捜索の結果、澤子の本棚にある蔵書の一つから、僕の浮気の動かぬ証拠――つまり決定的な証拠写真が出現したのです。

明らかにそれと分かるホテル街を、肩寄せ合って歩くふたり連れの男女――。そう、あなたもお分かりですね。それこそは、僕たちにとって最後の密会となったあの日の僕とあなたの後ろ姿にほかなりません。不貞の事実は否定しようもないでしょう。

澤子が僕の秘密を嗅ぎつけていたこと。そして証拠写真まで押さえていながら、それをおくびにも出さず、何食わぬ顔をしていたこと。これには驚くほかありません。

そうと分かってみれば、彼女が救急車で運ばれた伊野原総合病院で、「助けて。殺される――」と診察をした担当医に訴えたという話にも、うなずけるものがあります。彼女は、いつか自分が夫に殺されるのではないかと内心危惧していたのでしょうか。

いうまでもなく、それ以降、警察の取調べは苛烈きわまりないものとなりました。

自分は何者かに嵌められたのだ――。そんな弁解に、刑事連中が耳を貸すわけもありません。なにしろ犯行の機会と動機、僕にはその二つが備わっているのです。あとは自白を取りつけるだけ。彼らが意気込んだのも無理はありません。

唯一幸いだったのは、派手な変装のおかげで、誰も僕の浮気相手の正体を見破れなかったことでしょう。もし僕たちの関係が白日の下に晒《さら》されていたら、橙子さん、あなたも到底無傷ではいられなかった――。それは火を見るよりも明らかでした。

何があろうと、あなただけは守り抜いてみせる。もしあの時の僕に誇れることがあるとすれば、それはその信念を貫き通せたことだと僕は思っています。

だとしても——。あなたがおっしゃりたいことはよく分かります。

僕は自分が犯してもいない罪を告白し、甘んじて囚人の立場に身を投じました。誰に訊いても、正気の沙汰ではないといわれるに決まっています。

けれど、僕は決して理性を失い、自暴自棄に陥ったわけではありません。むしろその逆で、僕は冷静であったがゆえに、あえてあの苦渋の決断を下したのです。

そしてその判断は決して誤ってはいなかった。僕は、いまこそ確信をもって断言することができます。

あなたも岸上義之弁護士のことはよくご存じのことと思います。

法曹界は狭い社会ですが、いまや福水弁護士会の重鎮である彼は、職務に対するその真摯な姿勢で、弁護士仲間のみならず裁判官や検察官からも高く評価されています。そして、こと僕の裁判に関するかぎり、彼と僕は一貫して二人三脚で歩んできました。

僕が犯してもいない妻子殺害の罪を認めたのはなぜなのか。そして、弁護人である彼がそんな暴挙を許したのはなぜなのか。それを説明するには、まずは僕と岸上弁護士との特別な信頼関係を理解していただく必要があるでしょう。

彼との出会いは高校時代に遡りますが、それは間違いなく、僕の人生で最も幸運な出来事の一つだったということができます。音楽鑑賞という共通の趣味があったうえに、互いに法律家を目指していることを知り、すっかり意気投合したことがつき合いの始まりでした。

　岸上は僕と違って母子家庭の育ちではありませんが、きょうだいが多かったので、大学は費用のかからない国公立を目指していました。その結果、同じ国立大学の法学部に入学し、ふたりそろって司法試験に合格。以来、同期の弁護士として陰に日向に支え合ってきました。

　そういう間柄ですから、澤子との結婚についても、僕は当初から彼に相談をしていました。とはいっても、彼はかならずしもこの縁談に賛成だったわけではありません。

「おまえはそんな閨閥《けいばつ》に頼らなくても、自力で道を拓ける男のはずだ」

　いまさらながら彼の言葉が身に沁みます。

　正直にいえば、僕自身にもこの結婚に迷いがなかったといったら嘘になります。どんなときも冷静沈着で洞察力に優れた彼は、楡家との縁組みが投げかける不吉な影を、僕以上に敏感に感じとっていたのでしょう。

　それでも、その危惧が現実のものとなったとき、彼はそれ見たことかと僕を責めたりはしませんでした。それどころか、妻子殺害の嫌疑をかけられ孤立無援となった僕を、ただひとり無条件に信じてくれた人間がこの岸上でした。

「俺はおまえという人間を知っている。だから、おまえを信じる」

　その言葉にどれほど救われたことでしょうか。

　逮捕時から仮釈放まで、つねに変わらず支え続けてくれたこの男の存在なくして、現在の僕はないといっても過言ではありません。

そうはいっても、僕らの道は非常に険しいものでした。突然襲いかかってきたこの危難にどう対処すべきか。岸上と僕は毎日のように激論を戦わせたものです。

自分が無実であることは誰よりもよく知っているのに、それを証明する手立てがない。これほど苦しいことはありません。あの銀紙の切れ端さえなければ……。いくら地団駄を踏んだところで、僕を陥れた人物を特定できなければ、こちらの負けなのです。

そんなバカなことがあるものか、とお思いになりますか。推定無罪。犯罪が行われたことを証明するのは、警察や検察の仕事ではないのかと――。

けれど、ことはそう簡単ではありません。

事件が起きた日は三十五日の法要が行われていたのですから、僕は朝からずっと喪服を着用していました。誰かが上着のポケットに手を突っ込んだとしたら、気がつかないわけがないでしょう。

その後、ティータイムのときには確かに上着を脱いでいますが、あなたもよくご存じのように、あの円形テーブルは九人が着席してもなお充分にゆとりがありました。

仮に隣席の庸平さんや佐倉が手を伸ばしたとしても、僕の席には届かなかったはずですし、それよりなにより、全員がその場で顔を突き合わせているのです。誰かが僕の椅子に近づき、背もたれに掛かっている上着に手を触れたとすれば、人目に触れずにすむことはあり得ないといわざるを得ません。

これでは、僕を陥れた犯人を特定できないどころか、犯人たり得る人物自体が存在しないことになります。当の僕ですらそう思うのに、どうして警察にそれ以上のことを期待できるでしょうか。

ついつい物事の先を読むのは法律家の悪い癖ですが、あまりにも不利な条件が整い過ぎている――。それが、僕らが直面した現実でした。いくら岸上が有能な弁護人でも、武器弾薬なしに戦うのは無理というものです。

これが何も知らない素人ならば、それでも無実を叫んで最後まで頑張ることでしょう。一審がダメでも二審がある。二審がダメでも最高裁があるというわけです。

けれど悲しいかな、弁護士として裁判実務に携わっていた僕らは、裁判というものの裏も表も知り過ぎていました。

裁判官は、はるか高みから世界を俯瞰する全知全能の神ではありません。彼らは検察官と弁護人、そのどちらの言い分がより真実らしく見えるかを、かぎられた証拠をもとにジャッジする審判に過ぎないのです。

僕らを絶望させたもの――。それは、このまま行けばどう足掻《あが》いたところで、裁判で無罪判決を勝ち取ることは困難だという現実でした。これは過去のデータに裏打ちされているだけに、否定のしようがありません。

そして、この場合の有罪判決が意味するもの――。それはズバリいって死刑判決にほかなりません。

あなたは驚かれるでしょうが、ひと口に殺人といっても、その中身は千差万別です。ただむしゃくしゃしたというだけで手あたりしだいに人を殺す無差別殺人から、介護に疲れた末の無理心中まで、犯行の動機は人それぞれですし、下される判決も、執行猶予つきの恩情判決から死刑判決まで幅広く、到底ひと括りにできるものではありません。

そんな中で、己の欲望のためになんの罪もない妻子を手に掛ける――。それこそは鬼畜の所業というべきで、どんなに穏健な裁判官からも、一片の同情も得られないことは分かりきっています。

そしてまた、ある意味では動機以上に重要な要素に、謀殺と故殺の違いがあります。謀殺とは、分かりやすくいえば計画的に人を殺すこと。故殺はその逆で、一時的な激情から人を殺すことを指すのですが、あらかじめ亜ヒ酸を用意してコーヒーカップやチョコレートに毒を仕込む行為が、謀殺に該当することはいうまでもないでしょう。

現在の日本の刑法は条文上両者を区別してはいませんが、当然ながら故殺より謀殺の方が悪質なので、実際にも重く処罰されるのがふつうです。

そしてその場合、殺された人数によって結果が異なるのもごく自然なことで、被害者がひとりなら無期懲役刑や有期懲役刑の確率が高い半面、被害者の数が増えれば増えるほど、死刑になる確率が高まることになります。

要するに、僕の場合は、どの要素をとっても死刑判決を免れることはむずかしい――。結論は決まっているようなものですが、では、弁護側として方策がまったくないかといえば、かならずしもそうではないことが問題を複雑にしました。

それというのも、被害者がふたり。こういう微妙なケースでは、事件それ自体の犯情に加え、捜査や裁判の進行過程における弁護側の言動――とりわけ被告人の態度が、大きく結果を左右するからなのです。

裁判官も人の子ですから、できれば死刑の宣告などしたくはないはずです。これはもう、その裁判官が制度としての死刑に賛成か否かにかかわらず、人間としてあたりまえの感情だといっていいでしょう。

それでも、動かぬ証拠を屁とも思わず、しゃあしゃあと犯行を否認する卑劣漢が相手なら、裁判官の心の負担も軽くなるというものです。その反対に、すなおに犯行を自供し、心底悔い改めている相手には、なんとかしてやれないものかと憐憫《れんびん》の情が湧いてもおかしくありません。

死刑だけはなんとしても防がなくてはならない――。細かな部分で意見の対立はあっても、その点で岸上と僕の認識は一致していました。

「いまは危険を冒すときじゃない。おまえは最悪の事態を回避することだけを考えろ。有罪判決が確定しても、生きてさえいれば再審という道がある。俺は、俺の弁護士人生をおまえの救出に懸けるつもりだ」

忘れもしません。岸上が僕に語ってくれた言葉です。

有罪判決を受けても、とりあえず死刑さえ回避できれば再審という道がある。その事実がどれほど僕を勇気づけてくれたか分かりません。

再審で僕の無実が認められれば、僕はふたたび自由の身になれますし、なにより澤子と芳雄を殺害し、僕を陥れた憎むべき真犯人を追い詰めることができる。それは僕に残された最後の希望の光でした。

そうとなれば、我々がとるべき方策は一つしかありません。一刻も早く警察に出頭し、正直に犯した罪を自白したうえで、心からの悔悛《かいしゅん》の情を示す――。早くいえば、情状酌量狙い一本でいくということです。

もちろん、リスクはあります。けれど実際問題、その捨て身の作戦をとる以外、あのときの僕らに選択肢はなかったのです。

偽善――あるいは偽悪――もここに極まれりというべきでしょうか。確かに、これは僕が弁護士であったがゆえの特異な戦略であることに疑いはありません。

なぜなら、もしこれがふつうの刑事事件だったら、岸上にしろ僕にしろ、間違っても被告人に嘘の自白を勧めたりはしないからです。

本当は無実なことを知りながら、戦略として罪を認めさせる――。そんなことは法律家として論外というしかありません。たとえ被告人本人が進んで自白したとしても、やっていないものはやっていないと、愚直に無罪判決を求める道を選んだはずです。

ともあれ、その結果、僕は目論見どおりに死刑判決を免れることができました。そしていまなお、こうして生きています。その意味では、僕らの作戦は大成功を収めたといえるかもしれません。

もっとも、その代償は決して小さくはありませんでした。

岸上の必死の活動にもかかわらず、事件の真相究明は遅々としてはかどりませんでした。僕を陥れた真犯人の存在を指摘し、裁判所を納得させるだけの新証拠を探し出すことは、想像以上に困難な仕事だったのです。

もとより、進んで自白をしていながら、あとになって否認に転じる――。そんないい加減な人間を信用しろというのは、無理な注文だといわれても仕方ないでしょう。

再審請求は結局実を結ばず、無為に時間ばかりが過ぎていきます。さすがの僕も焦らずにはいられません。そして事件発生の十五年後、なんとも腹立たしいことには、殺人罪の公訴時効が成立したのです。

ほくそ笑む真犯人にとっては喝采の瞬間だったでしょうが、僕にとって、それは死刑判決にも等しい衝撃でした。正直、一時は生きる希望を失ったくらいです。

僕がそれでも立ち直ることができたのは、敗北の責任を一身に背負った岸上の苦悩を目の当たりにし、彼のためにも生き抜こうと決意したこともありますが、一度絶望のどん底に突き落とされたがゆえに、このままでは終われない――。ある種、開き直りともいうべき感情が芽生えたことが大きかったといえます。

人間とは、自分で思っている以上にしぶとい生きものなのかもしれません。

僕はそれ以来、生きて刑務所を出ること。すなわち仮釈放一本に的を絞って頑張ってきました。

無期懲役刑の殺人犯にとって、仮釈放がいかに狭き門であるかはすでにお話ししたとおりです。でも、たとえどんなに小さくとも、可能性がゼロでないかぎり諦めることはできません。

優良受刑者として刑務官には恭順の意を表し、仲間とは揉め事を起こさず、与えられた刑務作業をまじめにこなすことはもちろん、たえず悔悟の情を示し、更生への意欲を語る――。やるべきことは決まっています。僕はベストを尽くしました。

面従腹背もいいところで、さぞや狡猾なやつだとお思いでしょう。けれど、自分でいうのもなんですが、元来が犯罪者ではない僕にとって、それはべつだんむずかしいことではありませんでした。

それより、僕には生きる目的ともいえる大きな目標がありました。

そして橙子さん。その僕の心の支えの一つが、いまも楡家を守っていらっしゃるあなたの存在であったことを、僕は申し上げずにはいられないのです。


これは実際に経験した者でないといえないことですが、刑務所の暮らしとは、とてもひと言では語れないものです。

受刑者同士のいじめに過酷な居住環境――。噂やイメージでふくらんだ先入観は、よくも悪くも現実とは大きく異なるものでした。そこにあるものは、地獄の責め苦とは正反対のあまりにも単調な日常です。

むろん、住めば都などというつもりはありません。人としての尊厳を根底から否定され、自由という最も基本的な人権を奪われた生活が快適なはずがないからです。

ことに僕が刑務所に入った昭和四十二年当時は、居住性も食事の内容も、いまとは比較にならないほど粗末なものでした。このままでは死んでしまう――。僕は真剣に怯《おび》えたものです。なんとか食べなくてはと思っても、本当に食事が喉を通らないのです。当然、夜も眠れない。それも、来し方行く末を考えて寝つけないのではありません。それ以前の問題で、夜具の臭いや湿り気が気になって仕方がないのです。

そんな生まれて初めての経験も、いま振り返れば、それまでの生活との落差からくる一種のカルチャーショックだったのでしょう。

自分では意識していなくても、僕はやはり軟弱なエリートでした。決して恵まれた育ちではなかったのに、楡家の一員になったことでいつの間にかぜいたくが身につき、身体も心もすっかり甘やかされていたわけです。

もっとも、当時の日本を現在の基準で語ることはできません。なにしろ高度経済成長の陰で、満足に食事がとれず寝る場所もない路上生活者や、俗にニコヨンと呼ばれるその日暮らしの日雇い労働者が巷に溢れていた時代です。世の中はいざなぎ景気に沸いていましたが、まだまだ豊かさが隅々にまで浸透してはいなかったのです。

それに比べれば、曲がりなりにも畳の上に布団を敷いて眠り、黙っていても三度の食事が出て来る刑務所生活はある意味極楽で、悪事を働いた受刑者が文句をいえる筋合いではありません。

それでも、慣れとは恐ろしいものですね。入所して三日が経ち、五日が経ち、やがて一週間ともなると、しだいに五感が麻痺し始めます。鼻につく臭気も、じっとりと不潔な感触も、空腹と眠気の前には屁でもない——。いわば感覚を無くした状態に近いといえるでしょう。

受刑者の感覚を麻痺させる要因はそれだけに止まりません。それまでいた拘置所と違い、刑務所はなんといっても格段に規律が厳しいのです。牢獄なのだからあたりまえだといえばそれまでですが、受刑者にはつねに看守の目が光っています。

彼らには口答えはおろか絶対服従——それも動物訓練士による調教中の犬並みに迅速な反応が求められます。ただでさえズタズタの自分のプライドが引きちぎられ、ドブに捨てられるのを、黙って見ているしかない。

自分はもう人間ではなくなったのだ。いっそ感情を持たないですめば、どんなに楽なことか——。心底そう思ったものです。

あのままいったら、僕は本当に廃人になっていたかもしれません。

けれど、そんな僕を一喝し、目を覚まさせてくれたのもやはり岸上でした。

「おまえは、なんのためにいま刑務所にいると思っている。死刑さえ回避できたら、それでもう満足なのか」

面会にやって来た彼は、すっかり生気を失った僕の姿に危機感を覚えたようです。語気も荒く詰め寄ってきました。

「おまえには、うじうじしている暇なんかない。まずは再審に向けての準備だ。本や資料ならいくらでも差し入れる。だから、気を入れてしっかり勉強しろ」

岸上のいうとおりで、僕は、生涯を刑務所で終えるために偽りの自白をしたわけではありません。最悪の事態を回避しつつ、起死回生のチャンスを待つ――。彼の言葉がなければ、僕はあやうく自分を見失うところでした。

そうと決まれば、もはや迷いはありません。僕は猛然と勉強を始めました。

あなたは信じられないでしょうが、実は、世の中で刑務所ほど勉学に適した場所はないのですね。

なんの自由もないと思われがちな刑務所暮らしでは――そして事実そのとおりではあるのですが――、日々の職探しを始め、住まいの確保や生活物資の調達、食事の支度に頭を悩ませる必要がいっさいありません。

当然ながら、夫婦喧嘩や家事・育児、親の介護や近所づき合いといった雑事とも無縁ですから、本人がその気になりさえすれば、自分の研究に没頭する時間がたっぷりあるのです。

刑務所の日課はどこも似たようなもので、平日はだいたい六時半に起床。居室の清掃や洗面、点検と呼ばれる点呼を経て朝食をすますと、刑務作業のために整列して工場に向かいます。工場内での昼食・休憩をはさんで、作業の終了は夕方の四時半ころ。ふたたび点検をして五時に夕食をとったあとは、九時の消灯・就寝まで、基本的に余暇として自由時間となります。

それだけでもずいぶんとゆとりがありますが、これが休日となると刑務作業はありませんから、ほぼ一日中が自由時間になるわけですね。長距離通勤に加えて、平日は毎日のように残業。休日には家族サービスに明け暮れるサラリーマンからすれば、夢のような話に違いありません。

もっとも自由時間とはいっても、そこは刑務所のことです。外出や飲食やバカ騒ぎが許されるはずもありません。あくまでも認められる範囲内で、粛々と行動することが求められます。

それでも、書道や俳句などの公認されたクラブ活動もあれば、資格取得のための勉強もできます。それ以外の人たちも、テレビを見たり本を読んだり手紙を書いたりと、各自が好きに過ごすことが可能でした。

なかでも読書に関しては、これはもう天国だといっていいでしょう。

本は娯楽品の一種ですから、受刑者は読みたい本も読めないのではないかと思われるかもしれませんが、実はそんなことはないのです。官本と呼ばれる刑務所が所蔵する書籍のほかにも、外部からの差し入れや自費で購入する本など、基本的には、小説でも新聞・雑誌でも漫画でもほぼ自由に読むことができます。

このさい、刑事裁判というものを徹底的に研究してやろう。そう決意した僕は、岸上の協力を得て猛然と勉学に励みました。

僕は模範囚でしたし、元弁護士ということで多少は一目置かれていたのでしょう。周囲から浮いている人間はいじめの対象になりやすいものですが、幸いにも、僕が勉強三昧の姿勢を貫くことに特別支障はありませんでした。

そうはいっても、四十年というのは途方もなく長い道のりです。僕にしても、その間法律書ばかりを読みふけっていたわけではありません。

勉強に追われた司法修習生生活と、来る日も来る日も判例集や事件記録と睨めっこの弁護士生活の中で、すっかり疎かになっていた小説を読むという行為――。ありあまる自由時間を得て、僕はふたたび昔の習慣を取り戻すことになりました。

　そして、たとえ身体は塀の中にあっても、小説という自由な精神世界に浸ったことは、萎縮して固まった僕の心を解放すると同時に、硬直した僕の思考にも少なからざる影響をおよぼしたようです。

　たとえば、当時話題になった推理小説を読むと、そのエキセントリックな登場人物や突拍子もないストーリーにいささか辟易《へきえき》しながらも、これまで自分が見たことも聞いたこともなかったまったく新しい論理の展開に、思わず胸の高鳴りを覚えたといったら、あなたに笑われてしまうでしょうか。

　それまでの僕は、頭でっかちの法律家の例に漏れず、事実と証明の呪縛から一歩も踏み出せてはいませんでした。けれど、それらの小説に触れるにしたがい、本当はもっと柔軟な思考があってもいいのではないか。そしてフィクションの世界の自由奔放な発想こそが、いまの自分の膠《こう》着《ちゃく》状態を打開する鍵になるのではないか。僕はしだいにそう考えるようになったのです。

　そうです。あとはご想像にお任せしましょう。僕は暇に飽かせて古今東西の推理小説を読み漁りました。ちょうどその昔、あなたがなさっていたように。

　シャーロック・ホームズを皮切りに、ブラウン神父、エルキュール・ポアロ、エラリー・クイーン、ドルリー・レーン、ファイロ・ヴァンス。国内なら、明智小五郎、金田一耕助、神津恭介――。いずれもあなたにはお馴染みの探偵だったはずですが、それだけではありません。その後に世に出た幾多の名探偵も、僕はしっかり研究することを怠りませんでした。

もしかすると、これらの推理小説の中に、楡家で起きたあの事件の真相を解くヒントがあるかもしれない――。藁《わら》をも摑む思いといわれればそれまでですが、そんな心境になったのも、思えば、ひとえにあなたが推理小説を愛読していたからなのでしょう。

「そんなものを読んでおもしろいのかい」

いつだったか、真剣な顔で文庫本を読んでいるあなたに尋ねたことがありましたね。

タイトルは確かなんとか殺人事件――。昔の本は紙質も悪く、表紙のイラストも、いまと比べるとずいぶんとシンプルなものでした。

あれは僕が澤子と結婚する前のことで、だからあなたともまだ結ばれてはおらず、僕はちょっと将来の義妹をからかってみたのだと思います。

「ええ、とっても」

まるで宝物のように頁を開いたままの文庫本を胸に当て、あなたはきっぱりとうなずきました。

自分のたいせつなものをバカにすることは許さない。微笑ましいまでに、無邪気な気概に溢れています。

「だけど、それって要するに作り話だよね？」

弁護士として日夜現実の事件と向き合っていた僕には、正直、推理小説などただの絵空事としか思えませんでした。それでも、

「作り話だからこそ描ける真理もあるわ」

あのときのあなたのさりげない言葉が、なぜか僕の耳に残っていたわけです。

きっと僕は、あなたの世界に入り込むことによってあなたを身近に感じ、無意識のうちにも、あなたと対話することを求めていたのでしょう。

ここまで長々と書き連ねてきましたが、橙子さん。勘の鋭いあなたはもうお気づきのことと思います。

澤子と芳雄を殺した犯人は誰なのか。発想を変えることにより、それまで見えていなかったものが見えてくる――。僕があなたにどうしてもお話ししたかったのは、あの事件をまったく新しい角度から見直した結果、僕の中で、ある明快な仮説が生まれるに至ったからなのです。

名探偵に指摘されるまでもなく、警察官は頭が固いと決まっているのですが、かくいう僕にしても、彼らを嗤《わら》う資格はありません。犯行の動機と犯行の機会、犯人はその二つのどちらも備えた人物の中にいる。僕自身も同様の固定観念に縛られていました。

なにしろ捜査の鉄則を金科玉条として守ったあげく、犯人は楡治重以外にはあり得ない――。警察がそんなむちゃくちゃな結論に達しても、白旗を揚げるしかすべがなかったのです。

むろん、動機だけをとってみれば、僕のほかにも犯人候補は存在しました。

その最たる人物が兵藤豊です。兵藤は伊一郎氏の議員秘書で、なおかつ千華子さんの内縁の夫だったわけですが、伊一郎氏の急逝は、楡伊一郎事務所における彼の立場、そして楡家における彼の立ち位置を大きく変えることになったのです。

兵藤は数人いる秘書の中でも筆頭格でしたから、彼が伊一郎氏の後継者として福水市議会議員選挙に打って出ることは、すでに周知の事実になっていました。

とはいうものの、厳密にいえば彼は楡家の人間ではありません。ご承知のとおり、選挙とはカネがかかるものですが、彼は楡家の財産についてはなんの権利もありませんし、選挙民の間で抜群の知名度を誇る楡姓を名乗ることもできません。内心では相当に焦りがあったと考えていいでしょう。

事実、兵藤はあれから千華子さんと正式に結婚し、妻の姓を名乗ることによって楡家の一員となることに成功しましたが、その露骨なやり口には眉をひそめる人もいたのではないでしょうか。

案の定、入籍から十年後、ふたりは破局を迎えました。聞くところによると、その千華子さんは、兵藤との再婚・離婚を経たのちも楡家の嫁であり続けたそうですが、不幸なことに病を得て、四十五歳の若さで亡くなっています。

一方の兵藤はといえば、その後も順風満帆。福水市議会どころか、最後はQ県議会の議長にまで上り詰めています。まもなく喜寿を迎えるいまなお意気軒昂だそうですから、やはり千華子さんはその踏み台として利用されただけだったのでしょう。

そんな彼にとって、伊一郎氏の血を引く澤子と芳雄、そして楡家の新当主となった僕が目の上のたん瘤《こぶ》だったことは、容易に想像がつくというものです。

実際、目障りなその三人がいなくなったあと、兵藤は水を得た魚のような活躍を見せました。

もし彼が犯人であれば、ことは彼の目論見どおりに運んだことになります。

けれどもちろん、動機のある人物は兵藤にかぎりません。愛する子供や孫を失った久和子さんと千華子さん、それに家政婦のスミエさんはともかく、佐倉邦男と庸平さんのふたりは、僕の失脚により利益を得る立場にあったことが否定できないからです。

伊一郎氏の死後、楡法務税務事務所の経営をめぐり、佐倉が公然と不満を述べるようになったことは、あなたもご存じのことと思います。

現にあの事件のあと、佐倉と庸平さんの仲がこじれ、最終的には佐倉が事務所を出て行ったことは、僕の耳にも届いていました。

とにかく、あの万事控え目な庸平さんとも衝突するくらいです。佐倉が以前から僕に敵愾心《てきがいしん》を燃やしていたとしても、なんのふしぎもありません。

そして、そのおとなしい庸平さんにしても、はたして内心はどうだったでしょうか。澤子と橙子さん。同じ楡家の娘と結婚しながら、伊一郎氏のえこひいきは、当事者の僕の目から見てもはなはだしいものがありました。僕とのあまりの待遇の格差に、腹の底では怒りを募らせていなかったはずはないでしょう。

しかも、問題はそれだけではありません。あなたもよもやお忘れではありますまい。僕たちが初めて結ばれたあの日――。それは、あなたと庸平さんの結納を一週間後に控えた日曜日の昼下がりのことでした。

その日、伊一郎夫妻は支援者の子息の結婚式にそろって出席。澤子はスミエさんをお伴に結納

の準備の買い物と、ひさびさに静かな休日だったのですが、僕が離れの自室で書類を読んでいると、

「治重お義兄《にい》様」

小さく呼び掛ける声がしたのです。

目を上げると、午後の陽射しを受けた明るい障子越しに、ふんわりとしたワンピース姿のあなたが廊下に佇んでいるのが分かります。

あなたが澤子と僕が住む離れに——それも澤子が不在のときに足を運ぶのは、よほど緊急の用事があるに違いありません。

「橙子さん、どうかしたの？」

立ち上がって障子を開けた僕は、けれどか細い身体を小刻みに震わせ、目にいっぱい涙を溜めたあなたを認めた瞬間、あなたが何をしに僕のもとにやって来たのか、痛いほど理解できた気がしました。

「あたし、結納なんかしたくない」

あなたが絞り出した言葉は、

「きみを誰にもやりたくない」

実は僕自身の魂の叫びだったのかもしれません。

その六畳間は澤子と僕の寝室の隣にあって、居間兼書斎として、事実上僕専用の部屋になっていました。

そうでなくても、あの活動的な澤子が離れに腰を落ち着けていることは滅多にありません。入り婿だった僕にとって、そこは屋敷内で唯一、素の自分でいられる場所でした。

そのひそやかな離れの一室で、僕たちは、もはやあと戻りできない道に最初の一歩を踏み出したのです。

いうまでもなく、それは危険な綱渡りでした。

もちろん、僕たちは慎重に振る舞いましたし、実際、庸平さんが僕たちの関係に気づいていたとは思われません。いくら穏健な彼でも、まさか妻と義兄の不貞行為を容認はしないでしょうし、もし気づいていたなら、どこかでかならず表に出るはずだからです。

そうはいっても、彼の心の奥底に僕に対する潜在的な敵意、あるいは本能的な警戒感といったものがまるでなかったとしたら、それは穏健な人柄というより、鈍感に過ぎるというべきではないでしょうか。

僕の見るところでは、庸平さんはあえて何も見ず、何も感じないふりをすることで、心の均衡を維持していたように思えます。その意味で、僕は庸平さんについても、僕を追い落とすについて充分な動機があったと判断せざるを得ないのです。

これを要するに、動機だけに着眼すれば、犯人たり得る人物は、僕のほかにも少なくとも三人いたことになります。

とはいえ、動機のある人物に犯行の機会があったとはかぎりません。僕の推理が早々に行き詰まったのも、まさにその点にありました。

最大のネックは、芳雄殺害は別として、澤子殺害については、兵藤、佐倉、庸平さんのいずれもが問題の時間帯に台所には入っていない――。というより、彼らが台所に足を踏み入れた形跡が皆無だという事実でした。

しかも、仮に彼らがどうにかして人目を盗み、ひそかに台所に立ち入ったとして、では彼らはなぜ問題のカップが確実に澤子のもとに配られると確信できたのか――。その点の説明もまるきりできないときています。

たとえ目立たなくても、傷があるカップを客人には出せない――。澤子の性格を熟知している僕や、同じく主婦であるあなたや千華子さんならいざ知らず、男の連中がそんな細かいことに気が回るとは到底思えないからです。

それにそもそも、六客のコーヒーカップの一つに小さな傷があることなど、一瞥《いちべつ》しただけで瞬時に看破できるものでしょうか。そして犯人は、そんな偶然を予測して、あらかじめ亜ヒ酸を準備していたというのでしょうか。

どちらもあり得ないといわざるを得ません。

かといって、彼らが事前に問題のカップに傷をつけておいたと考えるのも無理があります。彼らは楡邸の住人ではないのですから、みだりに食器棚に手を触れることはできません。ましてや、あの日は邸内におおぜいの人がいました。人目に触れずにそんなことをやってのけるのは至難の業といっていいでしょう。

つまり、僕以外の三人には肝心の犯行の機会がなかったと考えるのが自然で、これでは僕が犯人であることの念押しをしているようなものです。岸上と僕が、最終的に警察に屈服せざるを得なかったのも、結局はそういうことでした。

　しかしその一方で、あのコーヒーカップに毒を盛り、なおかつ僕の上着のポケットに毒入りチョコの包み紙の切れ端を仕込んだ人間は確実に存在するのです。それは紛れもない事実であって、妥協の余地はありません。

　なんとかこの矛盾を解き明かす方法はないものか――。僕は長い時間をこの問題と格闘して過ごしました。そして苦しんだ末にようやく到達した結論を、どうか老人の妄言とお笑いくださいますな。

　四十二年という歳月は、残酷なまでに人の姿を変えるものです。当時の生き証人のうち、齢《よわい》八十を超えた佐倉は数年前に脳梗塞を患い、現在は自宅で療養生活を送っていると聞いています。

　殺人罪の公訴時効がとっくに成立し、久和子さんに千華子さんにスミエさん、そして庸平さんまでもがすでに鬼籍に入ったいまでも、僕の時間はあのときのままで止まっています。

　真相が分かったところで、過去をどう変えようもない。それは覚悟しています。僕はしかし、それでもなお真実を追究せずにはいられないのです。

　それは発想を逆転させるところから始まりました。

　僕を殺人犯に仕立て上げ、この世から抹殺することを謀った人物がいることは否定しようのない事実なのに、現実には、澤子殺害の犯人たり得る者がいないのはなぜなのか。

すでに申し上げたとおり、それは第一に、犯人候補である兵藤、佐倉、庸平さんのいずれも、毒入りカップが確実に澤子のもとに配られることを予測できないという点にありました。

確かに、これは犯人の目的が澤子殺害そのものにあったと考えれば、致命的な障害に違いありません。

けれど、ここで発想を変え、実は犯人は特に澤子を選んで毒殺を謀ったのではなく、あのときコーヒーを飲む予定だった六人のうち、誰のところに毒入りコーヒーが配られてもよかったのだと仮定したらどうでしょうか。話は根底から違ってきます。

そんなバカなことがあるか、とお思いですか。

ですが、考えてみてください。もし犯人の主眼がもっぱら僕を陥れることにあったとすれば、僕に殺される人物が澤子でなければならない理由はありません。僕にその人物を殺害するなんらかの動機があれば充分で、そういう目で見れば、犯人の行動はまことに理にかなっているのです。

では、問題の毒入りカップが配られる可能性があるのは、具体的にどんなメンバーだったのでしょうか。

ふだんからコーヒーを飲まない久和子さんと千華子さん、そして子供の芳雄を除くと、それは澤子、橙子さん、兵藤、佐倉、庸平さん、僕の六人になります。

そこで、仮に毒入りコーヒーが当たった人物が澤子ではなく橙子さん、あなただったとしたらどうでしょうか。

その場合でも、僕が橙子さんを殺害するメリットがないとはいえません。なぜなら、将来久和子さんが亡くなったとき、あなたがいなければ、その分澤子と僕の相続分が増えることになるからです。

同様に、兵藤、佐倉、庸平さんのいずれが亡くなっても、僕にはメリットがありこそすれ、デメリットはないことになります。彼らは僕のライバルともいえる存在だからで、この場合も、真っ先に疑われるのが僕であることに変わりはありません。

ついでにいえば、この僕が被害者となることもあり得るわけですが、それはそれで問題はありません。なにしろ僕の上着のポケットには、芳雄殺害の動かぬ証拠が入っているのです。楡家新当主と跡取り息子の無理心中――。動機は不明ながら、むしろ犯人の思う壺だといえるでしょう。

もっともこの場合、当然ながら、犯人自身にも毒入りカップが当たる可能性があります。犯人が問題のコーヒーカップに傷があることを知らなかったときはもちろん、仮に知っていたとしても、配られたコーヒーに手をつけないとしたら、自分が犯人であることを認めるようなものです。

それでは、犯人はいかにして自分が毒を飲むリスクを避けたのか？　僕を悩ませた第二の問題がそれでした。

そしてここでも、過去の判例より推理小説の研究の方が役立ったといったら、これはもう笑い話かもしれません。

おそらく犯人は小説そこのけのトリックを使ったに違いない。僕には直感がありました。けれど、この難問を解くきっかけとなったものが、実は僕の甘いものの欠乏症にあったと申し上げたら、さすがのあなたも驚かれるのではないでしょうか。

甘いもの欠乏症――。べつにそういう病名があるわけではありませんが、これは受刑者に特有の一種の禁断症状だといってさしつかえないでしょう。

前にも書きましたが、刑務所の食事は昔に比べれば格段に質が上がっていますし、毎日のメニューは栄養士によってしっかり管理されています。なので、栄養価もカロリーも数字のうえでは充分足りているはずではあるのですが、では食事に文句はないのかといわれれば、そうともいえないのが正直なところです。

だいたいが和食が中心のメニューで、全体に薄味だということもありますが、なかでも最大の問題は甘いものへの渇望でしょう。

そんなことはあたりまえだといわれればそれまでですが、なにしろ刑務所というところは、甘味を食べる機会が極端に少ないのです。正月を始め国民の祝日や運動会など、特別な日に饅頭《まんじゅう》などの菓子が出る程度で、日常的におやつやデザートが出ることはありません。

それではとても満足できない――。甘党、辛党にかかわらず、甘いもの欠乏症は深刻な問題で、昔は、出所した受刑者は何はさておき汁粉屋に駆け込んだという話を聞いたことがあります。

もちろん、僕もその例外ではありませんでした。毎晩寝床に入ると、強烈な空腹を覚えると同時に、昔自分が食べたありとあらゆる食べ物――とりわけ甘くこってりとしたものが、匂いや食感までも伴って脳裡に去来するのです。

むくつけき大の男が、あんこやクリームの夢にうなされる――。けれど僕の場合、夢にまでみたシャバの甘味は、ふっくらと煮えた小豆がいっぱいの田舎汁粉でもなければ、濃厚なバタークリームで飾られたデコレーションケーキでもありませんでした。

何がいちばん恋しかったかといって、楡家自慢のおやつだったあの自家製の大学いもに優るものはなかったのです。

カリカリに揚がったさつまいもに、ねっとりと濃厚なタレが絡まり、揚げ油の風味と水飴の甘さと黒ゴマの香りが渾然《こんぜん》一体となって舌と胃袋を満たす――。願望と現実とのギャップに絶望しながらも、餓えた胃袋が執拗に要求するものは、僕が最後に大学いもを食べたあの日の残像でした。

事件が起きる前、僕がふらりと台所に入ったことは裁判でもさんざん追及されたところですが、あのときも、大学いも作りに使われたのでしょう。調理台の上には、たっぷりと水飴が入ったガラスの広口瓶が置かれていました。

そもそも水飴はドロリと重量があり、箸にからめても滴り落ちないことからも分かるように、見た目以上に硬くしっかりしたものです。事実、上からお湯をかけたぐらいではビクともしないのですが、かき混ぜるとすんなり溶けるところは、やはり甘味料として使われるだけのことはあって、その落差は意外なほどだといえるでしょう。

大学いもが好物だった僕は、それまでにも何度か、台所でスミエさんが腕を振るう場面を見物したことがありました。小鍋に水飴を入れ、水と醤油と砂糖を加えて火にかけ、飴色になるまでよく混ぜる——。いまこうして書いているだけでも涎《よだれ》が出て来ます。

そして刑務所の冷たい寝床の中で、寝つけないままにその水飴の存在を思い出したとき、もし僕が犯人だったらどうしただろうか？　僕の中で、ふいにある奇抜なアイデアがひらめいたのです。

もし空のコーヒーカップの底に少量の亜ヒ酸の粉末を入れ、その上に水飴を注いだらどうなるか——。いうまでもなく水飴がすっぽりと蓋の役目をはたし、亜ヒ酸はカップの底に閉じ込められることになります。

それでは、もし犯人が、台所に準備されていた六客のコーヒーカップのうちの一つを選び、それだけに毒を仕込んだとしたらどうでしょうか。

カップの底も亜ヒ酸の粉末も白色で、もとより水飴は無色透明ですから、白内障を患って目がかすんでいるスミエさんが異変に気づく心配はありません。スミエさんは、何も疑うことなくぜんぶのカップにコーヒーを注ぎ入れるはずです。

上から熱いコーヒーを注いでも、それだけでは水飴は溶けたりしません。コーヒーは紅茶と違って色が濃いので、水飴が透けて見えるおそれもないでしょう。

かくして、六客のコーヒーカップはワゴンに載せられてダイニングルームへと運ばれ、各人に配られることになります。

では、犯人はそこでどう振る舞うべきか——。答えは決まっています。

まずは六分の五の確率を信じ、自分以外の五人にヒ素中毒の症状が現れるのを待つしかありません。たとえ六分の一のリスクであっても、それまでは自分のコーヒーを飲み干すわけにはいかないのです。

そうはいっても、亜ヒ酸は青酸カリとは違います。最初の症状が現れるまで早くても数分、場合によっては数十分かかることも考慮しないといけません。

それでは、周囲に不審を抱かれることなく時間を稼ぐにはどうしたらよいか。これはもう、砂糖やクリームを入れずに——すなわち、スプーンでコーヒーをかき混ぜることなく——ブラックのままちびちびと啜《すす》るしかないでしょう。

いつまでたっても残りの五人に異常がなく、自分のカップの底に水飴の固まりが出現したら、計画は不発に終わったということです。何か口実を設けて、さっさとカップを洗い流すしかありません。その逆に、誰かが吐き気でも催したらしめたもの。さりげなく残りのコーヒーを飲み干せばいいというわけです。
と、ここまでくれば、あなたにはもうお分かりでしょう。

あの日あの席にいた六人のうちで、コーヒーをブラックでちびちびと飲んだ人物はひとりしかいません。そう、兵藤です。あとは僕を含めた五人全員が、クリームも角砂糖もたっぷり入れ、スプーンでかき混ぜたコーヒーを躊躇《ちゅうちょ》せずに飲み干したのです。

犯人は兵藤でしかあり得ない——。僕は興奮のあまり、布団を被ったままガクガクと震えたものです。

この計画の秀逸なところは、なんといっても小道具として水飴を使った点にあるでしょう。殺人事件が発生し、それも毒殺とくれば、被害者の胃の内容物が鑑定の対象になることは必至ですが、この水飴はお茶請けの大学いもの材料でもあります。周到な兵藤のことですから、鑑定の結果、水飴の成分が検出されても何も問題がないことは、当然計算していたことと思われます。

もっとも、兵藤が犯人だとすることに問題がないわけではありません。その最たるものは、兵藤にはあの日、台所に足を踏み入れた形跡がないことで、彼が当初より容疑者からはずれていたのは、それが大きな理由だったわけです。

しかし、よく考えてみれば、兵藤自身が台所に赴くことは、はたして犯行にぜったい欠かせない条件なのでしょうか。

つらつらと思案をめぐらすうちに、僕は、あのときふらりと入った台所で、オレンジジュースを飲んでいる芳雄と出くわしたことを思い出しました。

盗み飲みの現場を見られた芳雄はよほど焦ったのでしょう。ジュースをこぼしてしまったのですが、僕が現れるまで芳雄は台所にひとりでいたこと。そして、そのとき調理台の上には空のコーヒーカップが六客と水飴の広口瓶があったこと。その二つの事実をつなぎ合わせれば、まったくべつの仮説が成り立つことに、僕ははたと思い至ったのです。

兵藤はみずから台所でコーヒーカップに毒を仕込んだのではなく、代わりに実行犯として芳雄を送り込んだのではないか。

そして、その芳雄はスミエさんが不在の隙を狙い、教えられたとおりに亜ヒ酸と水飴でカップに細工を施したものの、僕が現れたことに動揺し、思わずジュースをこぼしたのではないか。

芳雄は当時小学四年生でしたから、充分に実行犯の役目をはたすことが可能でした。ましてや、それを命じた人物は事実上の父親ともいえる兵藤なのです。拒絶することなど、考えられなかったことでしょう。

そして、もしそうだとすれば、芳雄がその直後に毒入りチョコレートを食べて亡くなったことについても、これまでとはまったく異なる解釈が成り立つことはいうまでもありません。

兵藤にとって、芳雄を生かしておくことは重大な危険を伴います。そして、危険の種は早急に取り除くしかない――。そう、口封じです。紛れもなく、芳雄はその口封じのために殺されたに相違ないのです。

いかがでしょうか。むろん、これは一つの仮説に過ぎません。けれど僕には、これ以上の真実はあり得ないように思われてなりません。

そうはいっても、これだけでは兵藤を追い詰めることは不可能です。

というのも、この仮説には裏づけとなる証拠がないこともありますが、それより何より、では、兵藤はいつどうやって僕の上着のポケットに銀紙の切れ端を忍び込ませたのか。その疑問への答えがまるきり見つからないからなのです。

橙子さん。これであなたもお分かりでしょう。

僕があなたにこの手紙を送る決意をしたのはほかでもありません。聡明なあなたであれば、僕が見落としている事実を拾い上げ、余人には思いもつかない推理を聞かせてくださるのではないか。そして、この僕を推理の迷路から救い出してくれるのではないか。

僕にささやきかけるもうひとりの自分の声に、僕は耳を傾けることにしたのです。

さて、この長い手紙もそろそろ筆をおくときが来たようです。

ここまで読んでくださったことは本当に感謝に堪えません。願わくば、僕の真意を汲み取り、あなたが僕の問いかけに応えてくださいますことを――。

けれどもちろん、たとえお返事がなくても、どうして僕があなたを恨んだりできましょうか。

僕は四十年前の世界から甦《よみがえ》った亡霊です。心ならずもあなたの平穏を乱したとすれば、ただただ申しわけなく恥じ入るばかりです。

愛する橙子さん。

どうか末永くお幸せに。そしてすこやかにお過ごしください。

いまの僕にはそれ以上の望みはありません。

平成二十年十月十日

楡　治重

書簡——橙子より治重へ

治重様

楡家のあの大きな郵便受けに、ブルーブラックのインクで記された端正な筆跡の封書を見つけたときのわたくしの気持ちを、どう表現したらよろしいでしょうか。

見間違えるはずもない治重お義兄様の手——。これは、あなたが愛用されていたモンブランの太字の万年筆で書かれたものに相違ございません。

治重お義兄様。あなたは本当に帰っていらしたのですね。

仮釈放——。こんな日が現実に来ることを、どうして事前に予測できましょう。唐突に訪れたあまりにも大きな喜びに、ぶ厚い封書を手にしたまま、わたくしはしばし呆然とその場に立ち尽くしておりました。

それにしましても、ここまでの日々のなんと長かったことでしょうか。

ある日突然、竜宮城ならぬ刑務所から舞い戻った浦島太郎。あなたは、ご自分をおとぎ話の主人公になぞらえていらっしゃいますが、その間、浮世から隔絶されていたのはあなたおひとりではございません。

　わたくしもまた今日までの歳月を――高い塀こそないものの――薄日も射さない心の牢獄で生き永らえてまいりました。

　忘れもしないあの日を境に、わたくしたち家族を取り巻く状況が一変したことは申すまでもございません。けれども、楡家を襲った激震はそれに止まりませんでした。あなたもお聞きおよびのとおり、あの事件のあともわたくしの周囲からはひとり、またひとりと、家族が旅立って行ったのでございます。

　夫の庸平が亡くなりましたのは、あなたの裁判が終わってからわずか七ヵ月後のことでございました。

　ビルの二階の楡法務税務事務所からまっすぐに下るあの急な階段を、うっかり足を踏みはずしたものでしょうか。一階まで転げ落ちての転落死――。夜間の出来事ゆえ、目撃者はおりませんでしたが、見回りの管理人さんが倒れている庸平を発見したときには、まだ身体が温かかったそうでございます。

　それが午後十一時近くの話ですから、事故が起きたのはその直前だったと思われ、管理人さんがもう少し早く現場に来ていれば……、と悔やまれはいたしますものの、首の骨が折れ、ほとんど即死だったようですので、これはもう致し方ないことだったのかもしれません。

　警察から連絡を受け、わたくしが搬送された病院に駆けつけましたときには、もうすっかり死に人の形相になっておりました。

正直申しまして、あの事件があってからというもの、楡法務税務事務所の経営は決して順調ではございませんでした。

よくも悪くも辣腕弁護士として鳴らしていたお父様と、堅実な仕事ぶりで評判だった治重お義兄様。そのふたりが抜けても依頼人が列をなすほど、世の中甘くはございません。

いくらまじめで誠実でも、名門事務所の看板を背負うのは、やはり庸平には荷が重かったのでございましょう。佐倉さんとの確執もあって、文字どおり内憂外患だった庸平は、毎晩遅くまで事務所で仕事に励んでおりましたが、帰宅してもなかなか寝つけなかったようでございます。

警察の見解では事件性はないということで、遺体は解剖されることなく家に戻ってまいりましたが、最後の最後まで陽の当たることのない人生だったとでも申しましょうか。あの事件以来、世間の見る目も変わり、お父様のときとは比べようもない淋しいお葬式でございました。

これはここだけの話ですが、庸平が当時重度のノイローゼだったことは否定できないところでございます。まさかとは思いますものの、もしこれが事故ではなく自殺だったとしたら……。庸平もまたあの事件の被害者だということでございましょう。

夫亡きあと、わたくしは姻族関係終了届を出して大賀家との縁を絶ち、楡姓に戻る決意をいたしました。世でいうところの死後離婚で、遅ればせながら、わたくしはもとの楡橙子として返り咲いたのでございます。

釈迦に説法になりますが、死後離婚は本当の離婚ではございません。あの結婚をなかったものにはできないことはもちろん、わたくしがいまなお大賀庸平の未亡人だという事実は、どうやっても変えられるものではない。それは承知しております。

それでも、わたくしが楡家に戻ったことで、お母様はたいそう安心したようでございます。なんといいましても、お母様は、自分の代で楡家が断絶することをとても気に病んでおいででしたから——。不幸な晩年だったお母様への、それがせめてもの親孝行でしたでしょうか。

そのお母様も千華子お義姉様も、そして長年にわたり台所の主だった婆やのスミエさんも、その後つぎつぎと世を去り、あとにはわたくしひとりが残されました。

あれから時代は大きく変わり、この福水市でも、楡の名前を知らない若い人たちが増えております。

いまでは家名の断絶など話題にもなりませんが、楡家は間違いなくわたくしの代で終わることになる——。静かに覚悟を決めていた中での、突然のあなたからのお便りでございました。

わたくしがどれほどあなたを愛していたか。そして、あなたが突然、手の届かない遠いところに行ってしまわれてから、わたくしがどんな思いで今日までの日々を過ごしてきたか。とても言葉でいい表せるものではございません。

たったひと言の説明もなく、別れの言葉さえ交わさずに、あなたはわたくしの前から消えてしまわれた——。いまから四十二年前のことでございました。

それからというものは、さながら生き地獄だったといっても過言ではありません。何度あなたに接触を試みても、梨の礫《つぶて》。弁護人の岸上先生からは、本人の強い意向で、楡家の人間とは今後いっさいの関わりを断つとのご連絡がありました。

本人の意向――。そういわれたら文句のいいようもございません。警察や拘置所と掛け合おうにも、素人のわたくしにいったい何ができましょうか。庸平に相談しましても、あの人は、自分は関わりたくないと逃げるばかり。

八方ふさがりとはこのことで、なんとかあなたのお力になりたくても、わたくしひとりではどうすることもできません。結局は、黙って裁判の行方を見守るしかございませんでした。

そして、あなたに無期懲役の刑が宣告された判決言渡しの日――。死刑判決を免れたとお聞きして、その場でくずおれるほどに安堵しながらも、もうふたたびあなたを楡家にお迎えすることは叶わないのか……。自分が死を宣告されるよりつらいと思われたあの日からも、すでに四十年以上のときが流れたことになります。

ほかならぬあなたご自身が罪を認めていることは分かっていても、それでもひょっとしたら無罪になるのではないか。ひそかな期待が絶望に変わった瞬間の気持ちは、いま思い出しても胸が締めつけられずにはおりません。

けれど、治重お義兄様。あなたはやはり清廉潔白の身でいらしたのですね。

はっきり申し上げましょう。僕は無実です。

お手紙の中できっぱりと断言されたそのお言葉を、わたくしがどれほど待っていたことか――。あなたには想像もおできにならないことでしょう。

あなたはまた、こうもいってくださいました。

そして橙子さん。あなたも本当はそれをご存じのはずです。

そのとおりでございます。そもそもの最初から――そしてその後もずっと――、わたくしはあなたが無実であることを知っておりました。

信じていたのではございません。知っていたのでございます。そうでなかったら、どうしてわたくしの実の姉を殺し、幼い甥までをも手に掛けた恐ろしい殺人犯を、変わらずに愛し続けることができたでしょうか。

あなたの仰るとおり、あのときわたくしたちは、この先何があろうとふたりの愛を貫くことを誓い合ったばかりでございました。あんな性急なやり方で澤子お姉様を排除する必要など、どこにもなかったのでございます。

むろん、そうはいいましても、わたくしたちにとって、澤子お姉様の存在が少しも疎ましくなかったといったら、それは嘘になりましょう。

なぜなら、澤子お姉様さえいなければ――、というより、もし澤子お姉様が最初の結婚でたとえひとりでも子供を産んでいさえすれば、わたくしたちの不幸はそもそも起こるはずがなかったのでございますから。

あなたもよくご存じのように、わたくしたち姉妹の父親は、娘の存在など自在に使えるトランプのカードとしか思っていない人でございました。

男にあらざれば人にあらず。女には人権もなければ、人格すら認めてはもらえません。自分の血を分けた娘でもそうなのですから、もともとが他人の妻に至っては、推して知るべしと申せましょう。

その絶対的権力者が君臨する我が家にあって、わたくしたち姉妹は、つねに父親の顔色を窺って生きるしかありませんでした。

お父様が曲がりなりにも愛した人間がいたとすれば、それは自慢の息子だった伊久雄お兄様で、ほかには、その忘れ形見の芳雄だけではなかったでしょうか。伊久雄お兄様の死後、お父様の望みは、もっぱら孫の芳雄を楡家の跡継ぎにすることにあったのだと、わたくしは思っております。

澤子お姉様の最初の結婚相手は、お父様の政治家仲間の市議会議員でございました。

聞くところによりますと、お相手の家は楡家にも引けを取らない旧家だったそうですが、それだけに男尊女卑があたりまえだったのでしょう。結婚して五年が過ぎても子供を授からなかったお姉様は、いうところの石《うまず》女《め》の烙印《らくいん》を押されたらしゅうございます。そんな婚家での生活が、針の筵《むしろ》だったことは想像にかたくございません。

離婚の直接のきっかけは、夫がよその女に子供を産ませたことにありましたが、本妻に子供があれば、いくら昔でもそう簡単に追い出されることはなかったと思われます。根底には、「嫁して三年、子なきは去る」という考えがあったに相違ございません。

舅《しゅうと》・姑《しゅうとめ》からしばらく実家に帰るようにいわれ、大喜びで里帰りをした澤子お姉様は、あとから自分の持ち物がまとめて送られて来たことに愕然としたそうでございます。当然、親同士の話し合いはあったのでしょうが、当の夫からは、最後まで謝罪の言葉一つなかったと聞いております。

それにつけましても、生活能力のない女ほど哀れなものがございましょうか。

どんなにりっぱな家の令嬢でも、それはあくまでも生娘《きむすめ》であることが条件で、初婚でなければ市場価値は地に墜ちたも同然。やれオールドミスだ、行き遅れだと、婚期を逸した娘もどれほど嘲笑されたか分かりませんが、当時の出戻り娘の肩身の狭さにはまた格別のものがございました。

しかも、澤子お姉様を石女としてさげすんだのは、なにも婚家の人たちだけではございません。実の父親ですら、子供を産めない娘にはもはや一片の価値も認めていなかったのでございます。

いや、そんなことはないだろう。その証拠に、伊一郎氏は澤子を僕にめあわせたではないか――。あなたはそう反論なさるかもしれません。

確かに、そう思われるのももっともでございましょう。頼みの伊久雄お兄様を亡くしたお父様は、その代わりとして、将来を嘱望されていた治重お義兄様をスカウトすることに成功しました。

そして、そこでは当然、楡家の総領娘としての澤子お姉様の存在がものをいったわけですが、はたしてそれが、澤子お姉様がお父様に評価された証しだといえますかどうか――。疑問なしとはしないものがございます。

お父様の真意は、エリート弁護士だったあなたを楡家に迎え入れ、その優れた血を取り込むことにあったのではない。本当はその逆で、澤子お姉様には子供ができないことが分かっていたからこそ、お父様は安心してあなたを婿養子に迎えたのだと申し上げたら、うがち過ぎだとお思いでしょうか。

お父様は冷徹な人でございます。あの人にかかれば、あなたもしょせん芳雄が家督を引き継ぐまでの中継ぎ――、つまりは便利な道具だったのだと申せましょう。あなたに縁談を持ちかけたそもそもの出発点から、澤子お姉様との結婚と芳雄との養子縁組がセットになっていたことが、その何よりの証拠ではないでしょうか。

伊久雄お兄様があんなことにならなかったら、澤子お姉様は、まず間違いなく庸平と結婚させられていたと思われます。

年齢といい条件といい、澤子お姉様の引き取り手として、庸平ほどの適任者は考えられません。けれど運命は気まぐれで、そして――誰よりもこのわたくしに対して――残酷でございました。

あなたを手に入れるために澤子お姉様を利用したお父様は、その代わりに、ちょうど適齢期を迎えていたわたくしを庸平にあてがうことにしたのでございます。

万一のときのために――。元使用人であるがゆえに婿養子になれなかった庸平と、楡家の二女のわたくしは、あの人にとってはたんなるスペア――掛け金のいらない保険に過ぎません。

同じ楡家の娘でありながら、長女と二女ではこんなにも格差があるものなのか。澤子お姉様の罪ではないことは承知しながらも、恨まずにはいられなかったのは事実でございます。

そして、わたくしがそれでも結局、庸平との結婚を承諾したのはほかでもございません。治重お義兄様、少しでもあなたの近くにいたい――。その一心だったことを、あなたもまさかご存じなかったとは仰いませんでしょう。

いまさら口にするまでもありませんが、わたくしたちは、初めて会ったその瞬間から互いに強く惹かれ合っておりました。

その本心をひたすら押し隠し、ふたりの愛を守り抜くことがどれだけ危険で切ないものだったか――。いま思い出しても胸が苦しくなります。わたくしたちはいつも、家族の生殺与奪の権を握る大きな黒い影に怯えていたのでございます。

けれども、人の生死は分からないものです。そのお父様の思わぬ急死によって、わたくしたちを取り巻く人間関係は大きく変わりつつありました。新しい時代の到来は、楡家がいまや名実ともにあなたのものになったことをはっきりと告げていたのです。

こうなれば何を懼《おそ》れることがありましょうか。わたくしたちの心は羽毛のように軽く舞い上がり、その精神的なゆとりは当然、心境の変化をもたらさずにはおりません。心に溜まっていた数々の恨みつらみも、霜が朝日に融けるように消えていくのが、自分でも分かっておりました。そんな中で、誰よりも理性的で誰よりも忍耐強いあなたが、どうして澤子お姉様を殺したりするでしょうか。わたくしがあなたの無実を知っていたというのは、つまりはそういうことだったのでございます。

ですから、治重お義兄様。あなたが逮捕されたあと、わたくしをいちばん苦しめたものは、あなたへの疑惑ではございません。

あなたはなぜ、このわたくしに黙って自首してしまわれたのか。そしてなぜ、わたくしの呼びかけをかたくなに無視し、わたくしと面会してはくださらないのか――。何度問い直しても決して答えの出ないこの疑問こそが、わたくしを底なしの泥沼に沈めた元凶でございました。

あなたはこのたびのお手紙の中で、その点についても触れていらっしゃいます。

すべてはこのわたくしを守るためだったと。もしわたくしたちの関係が白日の下に晒されていたら、わたくしも到底無傷ではいられなかっただろうと。

あなたが仰ることは、もちろんわたくしも分からないわけではございません。

あなたは男として、きっと正しい選択をされたのでしょう。それを否定するつもりはございません。でも、わたくしにとっては、ひとり浮世に残されるくらいなら、むしろふたりそろって投獄された方がどれほどよかったことか――。心は乱れるばかりでございました。

真夏の炎天下で、そして厳寒の冬の朝、あなたが刑務所でのつらい生活に耐えていらっしゃる間、このわたくしがぬくぬくと、エアコンの効いた部屋でくつろいでいたとでもお思いなのでしょうか。いっそ死んでしまいたいと、何度思ったかしれません。

それでもわたくしが今日まで頑張ってきたのは、いつかかならずあなたにお会いする日が来る。そして自分の目と耳であなたの真意を質さずには、死んでも死にきれない――。その思いがあったからにほかならないのです。

けれども、いまさらこんなことを書き連ねてもしかたがありません。どうやら肝心のお話に入る前に、わたくしは少しおしゃべりをし過ぎたようでございます。

あなたはこのたび、忘れたくても忘れられない四十二年前の事件について、わたくしに意見を求めて来られました。あの殺人事件は、誰がなんのために、そしてどのように起こしたものだったのかと。

願ってもないことでございます。なぜなら、あなただけではございません。わたくしもまたこの年月、自分に問いかけ続けてきたこの難問を、いまこそふたりで解き明かすときが来たのでございますね。

あなたのように、自分の考えをきちんと表現できますかどうか――。自信はございませんが、わたくしはわたくしなりに、できるかぎり誠実にあなたのご質問にお答えしようと思います。

このわたくしがあなたを推理の迷路から救い出す――。もしあなたが本気でそれを期待していらっしゃるなら、それは買い被りというものでございましょう。

ときの流れは残酷なまでに人の姿を変えるものでございます。いまのわたくしは世の中から取り残された孤独な老女に過ぎません。あの好奇心と向上心に溢れていた乙女はもうどこにもいないのです。

この時代に、世間とのつながりはわずかにテレビと新聞だけ。携帯電話もパソコンも持たず――といったら、

「それじゃ、囚人と何も変わらないじゃないか」

あなたは苦笑されるでしょうか。

とは申しましても、あなたは、当時のわたくしが推理小説に嵌まり、寝食も忘れて文庫本を読み漁っていたことを覚えていてくださったのですね。

エルキュール・ポアロ、ドルリー・レーン、ファイロ・ヴァンス――。なんとまぁ、なつかしい顔ぶれでしょうか。その名前を口にするだけで、あのころの興奮が甦る心地がいたします。

そして、あの理性的で超現実主義者だった治重お義兄様が、いつの間にかわたくしそこのけの推理小説マニアになっていらしたとは。率直に申し上げて、これほどびっくりしたことはございません。

フィクションの世界の柔軟で自由な発想が、法律家の硬直した思考を凌駕《りょうが》する――。昔のあなたでしたら、およそ肯定できない事実ではなかったでしょうか。

わたくしたちを隔てていた距離がまた少し縮まった喜びと、あなたをそこまで追い込んだ過酷な現実への憤りと――。お手紙を読み進めるにつれ、二つの相反する感情の間で、わたくしは溢れる涙を止めることができませんでした。

それにしましても、なんという大胆な発想でしょうか。

兵藤豊さん――いまは姓が変わって楡豊さんになっておりますが――、その兵藤さんこそが澤子お姉様と芳雄を殺した犯人なのではないか。

あなたの推理は、仮説として高い完成度を誇っているだけではございません。

六客のコーヒーカップのうち一つだけに亜ヒ酸を仕込み、なおかつ自分は決して毒入りコーヒーを飲まない手立てを講じる――。水飴を使ったその斬新なアイデアには感嘆するばかりでございます。

そして、わたくしもよく覚えております。あのときの兵藤さんは確かにコーヒーをブラックで、それも少しずつゆっくりと啜っておいででした。そのほかのメンバーは全員クリームとお砂糖をたっぷり入れていましたから、よけい印象が強かったのだと思われます。

その水飴が大学いもに欠かせない材料であることも、仰るとおり、このトリックの秀逸なところだと申せましょう。

あのときは皆、お腹が空いておりました。まだ温かい大学いもを我先にと頬張ったものでございます。コーヒーに少しばかりの水飴が仕込まれていても、大学いもの濃厚な味にかき消されることは確実でございました。

兵藤さんが怪しい――。あなたが目をつけられたのはしごく当然な話で、あの方はまことに抜け目のない人だと申せます。

もちろん、兵藤さんが千華子お義姉様と内縁関係を結んだこと自体は、お父様からの強い働きかけによるもので、当人たちが望んだものではありません。

それは事実としましても、だからといって、あの方が人身御供の立場に甘んじていたといったら、それもまた早計の誹《そし》りを免れないでしょう。兵藤さん自身もこの話にはまんざらでもなかった——。わたくしは当初からそう見ておりました。

あなたもご存じのとおり、お父様という人は専制君主そのものでございます。芳雄が弁護士になるまでのつなぎにあなたをスカウトしたように、芳雄が選挙に出るまでのつなぎに兵藤さんを使う——。それがお父様の戦略でございました。

自分で結びつけておきながらふたりを正式に結婚させなかったのは、一つには、千華子お義姉様をあくまでも楡家の嫁に留めておくため。けれどももう一つには、もし入籍を認めると——澤子お姉様と違い——、千華子お義姉様には、兵藤さんの子供を産む可能性があったからではないか。わたくしにはそう思えてなりません。

そんなお父様の思惑に、あの頭のいい兵藤さんが気づかなかったはずがございません。いくら滅私奉公の議員秘書でも、できることとできないことがありましょう。

それでもあの方が黙って従ったのは、仕事柄いつもお父様の側にいただけに、オヤジの体調の悪化——早くいえば、楡伊一郎の時代もそう長くはないことを、ひそかに感じ取っていたからではないでしょうか。

日ごろ高血圧や糖尿病、肥満といった健康問題を抱える中高年の男性が、ゴルフ場で突然死するケースが多いことはつとに知られておりますが、お父様の場合がまさにそうでございました。

ことに過労や睡眠不足、プレー中の煙草やアルコールはたいへん危険だと聞いておりますが、はたして兵藤さんにそのあたりの配慮がありましたかどうか――。いえ、それどころか、兵藤さんが意図的にお父様の健康上の危険を誘っていたことが、ぜったいにないといいきれますでしょうか。

あなたも書いておられたとおり、お父様が亡くなるのを待っていたかのように、兵藤さんは千華子お義姉様と入籍の手続きをすませました。それも楡姓を選んで、まんまと一族の中に入り込んだのでございます。

その後結局は離婚したことといい、離婚後も楡姓のままでいることといい、何もかもが計画どおりの行動だったとしかいいようがございません。

千華子お義姉様は、けれど、そんな兵藤さんにされるがままだったようでございます。百戦錬磨の政治家秘書には、伊一郎という後ろ盾を失った楡家の未亡人など赤子も同然。良心の呵責は薬にしたくともなかったことでしょう。

嫁・姑の間柄だったお母様はいうまでもなく、小姑にあたる澤子お姉様もわたくしも、決して千華子お義姉様と仲がよかったとは申せませんが、それでもあの方には、同じ女として同情を禁じ得ないものがございます。

千華子お義姉様の人生で、もし多少なりとも幸運と呼べるものがあったとしたら、それは――たとえ短い間でも――伊久雄お兄様と結婚できたことだったかもしれません。伊久雄お兄様は、妹のわたくしの目から見ても、とても魅力的な男性でございました。

けれど、その結果として楡家の嫁となったことは、あの方にとって不運でしかなかったのではないでしょうか。

伊久雄お兄様の死後、お父様は、残された千華子お義姉様に生涯生活には困らないだけの保障を与えましたが、それはもちろん無償の援助ではございませんでした。

家長である自分に絶対的な服従を誓うこと――。まだ家制度の名残があった時代ゆえ、それは当然だとしましても、なにしろ好色で鳴らした人のことでございます。息子の嫁とはいえ、独り身となったうら若い未亡人に食指が動かないことが考えられましょうか。早晩その餌食になることは、目に見えていたといっても過言ではありません。

実際の話、孫の顔見たさを口実に、お父様がしばしば千華子お義姉様の家を訪れていたことは、家族の中では公然の事実となっておりました。

当時の日本は、一定の社会的地位にある男なら、二号さんと呼ばれる愛人の存在はあたりまえ。女遊びは男の甲斐性といった論理がまかり通っておりましたが、相手が相手だけに、さすがのお父様もおおっぴらにはいたしかねたのでしょう。

夫の喪中だというのに、千華子お義姉様が真新しいドレスに身を包んでいる姿は何度も見かけましたし、芳雄をデパートの屋上で遊ばせて来たはずのお父様の身体に、かすかな湯上がりの匂いが漂っていたことも、一度や二度ではございませんでした。

そんな運命に、はたして当のご本人はどんな心境だったものか――。部外者には知る由もないとはいえ、まさか千華子お義姉様が、好き好んで老いた舅を迎えていたとは思われません。

おそらく最初は手籠めに近い状態で、その後はもう、これが自分の宿命だと受け容れるしかなかったのではないでしょうか。

それでも本当のところ、あの方がどこまで本気で義父に抗《あらが》ったものか、疑問なしとはしないのがわたくしの正直な気持ちでございます。

思えば、千華子お義姉様には、昔からそんな一種投げやりともいえる一面がございました。あの方にとっては、安定した生活と息子の将来がすべて。それ以外のことは、要するに些末事《さまつじ》だったのではないでしょうか。

ところで、わたくしはなんの話をしていたのでしたか——。ついおしゃべりに夢中になって、少々脱線したようでございます。

そうそう、兵藤さんは抜け目のない人だ——。あなたが唱えられた兵藤さん犯人説を検討するについて、わたくしはそう申し上げたのでございますね。

疑う余地はありません。兵藤さんは抜け目のない人であると同時に、並はずれて強靱な神経の持主でもございます。そうでなければ、いくら命令されたとしても、唯々《いい》諾々《だくだく》とオヤジの女をもらい受けたりはしないでしょうから。

そんな兵藤さんなら、顔色一つ変えずに芳雄を殺してもおかしくはありません。ましてや、治重お義兄様を陥れるくらいのことは朝飯前だと思われます。

犯人としては、コーヒーを飲んだ六人のうちの誰に毒入りカップが当たってもよかったのだ——。あなたが語られた周到で冷酷な犯人像は、わたくしが兵藤さんに抱いているイメージにぴったりと重なります。

兵藤さんならやりかねない。というより、兵藤さん以外、いったい誰があんな大胆なトリックを実行できましょうか。

と、そこまではわたくしもあなたとまったく同じ意見なのですが、問題はその先で、では犯人は兵藤さんで間違いないのか。そう尋ねられますと、正直、すなおにうなずけないものがあることもまた事実なのでございます。

あなたも認めておいでのとおり、毒入りチョコの包み紙の切れ端があなたの上着のポケットから出て来たという動かしがたい事実――。犯人を特定するためには、この問題を避けて通ることはできません。

いえ、むしろ、意図的にあなたを陥れようと画策したこの行為こそが、あの事件の核心をなしているといってもさしつかえありません。そしてそうだとすれば、たとえ確たる証拠はなくとも、少なくとも犯人にその実行可能性があったことは、最低限説明する必要がございましょう。

その点につきまして、残念ながら、あなたの唱える兵藤さん犯人説には致命的な欠陥があるようにわたくしには思えます。

結論からいえば、兵藤さんには、あなたの上着のポケットに銀紙の切れ端を入れる機会はございませんでした。

これは当時の警察がさんざん調べた結果でもありますし、あなたの推理力をもってしても、納得のいく解答は見つからなかったのが何よりの証拠でございます。千華子お義姉様や芳雄を利用しようにも、そのふたりにもあなたの上着に手を入れるチャンスはなかったのですから、諦めるしかございません。

どれほど魅力的な仮説であっても、一つの考えに固執することは、ほかの可能性から目をそむける危険を伴いましょう。

コーヒーカップに毒を入れた犯人と毒入りチョコを仕込んだ犯人は同一人物である。状況からして、この前提は動かしがたい以上、兵藤さん犯人説にはやはり無理があるのではないでしょうか。

それより、治重お義兄様。このさい思いきって申し上げますと、実はわたくしにも、ぜひともあなたに聞いていただきたいお話がございます。

わたくしが立てた推理——。どうかお笑いにならないでくださいませ。これは一生誰にも話すまいと、固く胸に秘めていたことなのでございます。

けれども、思いがけなくもあなたからのお手紙が届き、しかも、あの事件についてのあなたの推理をお聞きしたいま、もう居ても立っても居られず——。このうえは、わたくしも胸の内を洗いざらいぶちまけて、あなたのご意見を伺いたいと願うようになりましたことを、ご理解いただけますでしょうか。

警察の組織力をもってしても尻尾をつかめなかった犯人に、素人のわたくしが太刀打ちできるはずがない。それは重々承知しております。

それでも、あなたを陥れるについて明確な動機を持ち、あなたの上着のポケットに容易に手を触れることができ、なおかつ、毒入りのコーヒーカップも毒入りチョコもなんなく用意できた人物が、あの日のあのメンバーの中にひとりだけ存在する――。その事実に気づいたとき、それはわたくしの中で、確固たる真実にまで昇華したのでございます。

そして、治重お義兄様。いまからお話しするわたくしの仮説が、あなたにとってどれほどご不快なものであったとしても、わたくしにはあなたを困惑させ、ましてや責める気持ちなど毛頭ないことを、どうか信じてくださいませ。

わたくしたちはもはや昔のわたくしたちではございません。そして、あなたの思いもわたくしの思いも、いまとなっては、すべてときの移ろいに洗い流されたあとなのでございますから。

およそ人間が抱く感情の中で、嫉妬ほど負のエネルギーを放出させるものはありませんでしょう。恨みや憎しみ、そして怒りですら、それが一時的な激情ではなく、強固な殺意を醸成するほどに根深いときは、その背後になにがしかの嫉妬が隠れているものでございます。

そして、わたくしがこの仮説に辿り着きましたのも、わたくしの中に潜む嫉妬心のなせる業だったと申し上げたら、あなたはどうお思いになるでしょうか。

治重お義兄様。あなたは決して短絡的に人を殺す方ではございません。

それはあなたの性格に根ざすもので、仮にもあなたが殺人を犯すとしたら、それはよくよくお考えになったうえでのご決断でございましょう。間違っても、犯行後簡単に自白に追い込まれるような、粗雑な計画を立てることはないと断言できます。

誰よりもそのことを知っていたがゆえに、そして何よりもそれを誇らしく思っていたがゆえに、あなたが自首されたと聞いてどれほど驚いたことか……。あなたには想像もおできにならないことでしょう。

潔白の身でありながら、あなたはなぜ偽りの自白をされたのか。それ以来、わたくしは日夜その疑問に苦しむことになりました。

なまじ法律家なだけに、先が読めてしまった――。あなたはお手紙の中で、そう釈明をなさいました。死刑判決という最悪の結果を回避するためには、あえてムダな抵抗は止め、無期懲役狙いで自首をするしかなかったのだと。

おそらく、あなたのそのご判断は正しかったのでしょう。現に、あなたは死刑判決を免れただけでなく、こうして無事に戻っていらしたのですから。

けれども、当時のわたくしにどうしてあなたの深慮遠謀が理解できましょうか。新聞やテレビで断片的な情報を見聞きするたびに、わたくしはただただ絶望するしかございませんでした。

とは申しながら、人間の直感は侮れないものです。わたくしのような無学の素人でも感じるものはございます。

治重お義兄様ともあろう方が、なんの理由もなく無実の罪を被るわけがない。そこにはぜったい、他人にはいえない事情があるはずで、もしかしたら、治重お義兄様は誰かを庇《かば》っているのではないか。ひとたび心に浮かんだ疑念は、消えることがありませんでした。

そして、その疑念はいつの間にか、あたかも夏の夕空に広がる黒雲のように、わたくしの心をすっぽりと覆い尽くしていたのでございます。

もし澤子お姉様があの事件を仕組んだ真犯人だったとしたら——。そして、何かの拍子にあなたがその事実に思い至ったのだとしたら——。あなたが妻を庇おうとなさってもおかしくはございません。

そう思って振り返りますと、澤子お姉様には、あの事件を起こすだけの動機が十二分にあったことが分かります。その最大のものは復讐心でございましょう。

なんといっても、澤子お姉様は例の証拠写真を隠し持っていたのです。わたくしたちの裏切りを知っていたことは、疑いの余地がございません。

妹に夫を寝盗られた——。楡家の総領娘に昇格してからというもの、あからさまにわたくしを見下していただけに、澤子お姉様が受けたショックの大きさは想像にあまりあるものがございます。うわべはそ知らぬ顔をしていても、お腹の中でははらわたが煮えくり返っていたのではないでしょうか。

そうなったら、手をこまねいている人ではありません。

やられる前にやり返す。不逞《ふてい》の輩《やから》は徹底的に懲らしめる必要があります。そのためなら、たとえ自分の命を投げ出してもかまわない——。それがあの人の本性です。

なんだかんだいって、家族の重しの役目をはたしていたお父様が亡くなったことも、タガがはずれた原因の一つだったかもしれません。怒りと不安に駆られた澤子お姉様の暴走を食い止める力は、もうどこにも働きませんでした。

被害者が犯人。すべては澤子お姉様が仕組んだことだった——。そうと分かってみれば、コロンブスの卵とでも申しましょうか。奇怪だと思われたあの事件も、実はしごく単純な話だったことになります。

トリックだのなんだのと、むずかしく考える必要などなかったのでございます。

澤子お姉様が犯人であるなら、コーヒーカップの一つにこっそり傷をつけることも、そのカップに毒を仕込むことも、毒入りカップが自分に配られるようスミエさんに指示することも、何もかもがいとも容易でした。

しかも、それだけではございません。あなたの喪服の上着のポケットに、それとは知られずに毒入りチョコレートの包み紙の切れ端を忍び込ませる——。実行不可能かと思われたこの偽装工作も、犯人が澤子お姉様となれば話は違ってまいります。

なにしろ、当の本人が喪服の用意をしたのでございます。細工を施すのに、なんの造作がありましょうか。あなたが喪服に袖を通したとき、あの銀紙はすでにポケットに入っていたに相違ございません。

必死になってあなたの上着に近づいた人物を探したのは、まったくのムダ骨だったと申せましょう。

それにしましても、なんとすさまじい復讐心でございましょうか。その激しい気性と行動力にはあきれるばかりでございます。

もっとも、あの事件の犠牲者は治重お義兄様ひとりではありませんでした。まだ九歳の子供だった芳雄もまた命を絶たれたことを忘れてはなりません。

それでは、澤子お姉様はなぜ罪のない芳雄までも粛清の対象にしたのでしょうか。芳雄は治重お義兄様と澤子お姉様の養子になっていました。たとえその存在が目障りだったとしても、なにも殺すことはなかったはずです。

並の神経の持主なら誰もが抱くこの疑問も、姉という人をよく知っているわたくしには、むしろごく自然な行為だったように思われます。

楡家の長女として生まれた澤子お姉様は、天賦の美貌と社交的な性格にも恵まれ、まさに怖いものなし。望んで手に入らぬものはない恵まれた環境で育ちました。

人脈の確保に結婚を利用するのはお父様の得意技でございます。使える娘というわけで、お父様の期待も大きかったのですが、不幸は意外に早く訪れました。

子宝に恵まれなかったために婚家を追い出された澤子お姉様は、一転して居候の身に陥落したわけですが、そのお姉様に訪れた起死回生のチャンスが、伊久雄お兄様の急死を受けてのあなたとの再婚だったことは、さきほど申し上げたとおりでございます。

当時の澤子お姉様を間近で見ていたわたくしは、ハンサムな弁護士との降って湧いた縁談に得意満面。うきうきと婚礼の準備をしていた姿をよく覚えております。

自分を捨てた前夫へのあてつけと、挫折の経験がない妹への対抗意識――。それこそが、あなたとの結婚に向けてのモチベーションだったのでございましょう。

それまでの澤子お姉様が何よりも懼れていたのは、二女のわたくしが自分になり代わって楡家の跡継ぎ娘に昇格すること。そして、その自分が使用人上がりの庸平と結婚させられ、妹より一段も二段も格下げの扱いになること――。それに尽きるのではなかったでしょうか。

のちになって、わたくしと庸平の結婚が決まったとき、

「さすがはお父様ね。橙子にぴったりの相手をお選びになるなんて」

鼻で嗤われたことを、わたくしは死んでも忘れはいたしません。

そんな澤子お姉様の有頂天も、けれど一瞬のあだ花に過ぎませんでした。ただでさえ子供ができないコンプレックスを抱えていたところに、あろうことか、宿敵千華子お義姉様の息子の芳雄を押しつけられたからでございます。

あなたもご存じのように、千華子お義姉様は取り立てていうほどの美人ではありませんが、およそ自己主張をしないおっとりとした性質だからでしょうか。伊久雄お兄様との夫婦仲は円満だったようです。

その伊久雄お兄様は、ただ学業に秀でていただけではございません。妹のわたくしの目から見ても、闊達《かったつ》でとても男らしい人でございました。

わたくしは、娘時代の澤子お姉様が、伊久雄お兄様に理想の男性像を見ていたことを知っております。

「お嫁に行くなら、お兄様のような人がいいな」

子供のころから口癖のようにいっていたものです。

つまり、千華子お義姉様はその意味でも澤子お姉様のライバルだったわけで、よりによって

その女の息子を養子にとらされる――。澤子お姉様にとって、これ以上の屈辱はなかったことでしょう。

　そして、それはまた、

「おまえには子供は作れまい」

　女など子作りの道具としか見ていない父親からの、まさに戦力外通告ともいえるものでございました。

　そんな因縁のある芳雄に、人一倍プライドの高いあの人が、愛情の欠片《かけら》も持ち合わせるはずがございません。芳雄への憎しみは、千華子お義姉様への憎しみと渾然一体となり、いつしか途方もなく膨れ上がったのだと思われます。

　澤子お姉様の芳雄に対する殺意は、ですから、決してあのとき突然に芽生えたものではないでしょう。むしろ、あなたに対する殺意よりはるかに長い時間をかけ、じっくりと形作られてきたのではないでしょうか。

　折しも、あなたの不貞を知った澤子お姉様にとって、その芳雄殺害の罪をあなたになすりつける――。これほどに魅力的な筋書きはなかったはずでございます。

　事件当日となったあの日は三十五日法要のため人の出入りが多く、屋敷内はなにかとざわついておりました。人目に触れることなく、こっそりと芳雄に毒入りチョコを渡す機会は、いくらでもあったに相違ございません。

「誰にもいっちゃダメよ」

日ごろから物分かりのいい養母を演じている叔母がくれたチョコレートです。芳雄は大喜びでズボンのポケットに隠したことでしょう。

あとは、芳雄が人目を忍んでこっそり食べるのを待つだけでよろしいのです。

死を覚悟した人間ほど強いものはありません。澤子お姉様は顔色一つ変えずに、淡々と計画を実行に移したのでございましょう。

もしその周到な計画に一つだけ誤算があったとすれば、コーヒーに仕込んだ亜ヒ酸の効き目が想定より強過ぎたことでしょうか。

「助けて。殺される――」

苦しい息の下で、死を予感した哀れな女が担当医にすべてを打ち明け、助けを求める――。そこで暴露されるはずだった夫と妹による裏切りの物語は、本人が思いのほか早く意識混濁に陥ったために、その詳細が不明のまま闇に葬られることになりました。

幸運といえば幸運だったわけですが、わたくしたちにとって、はたしてそれがよかったのかどうか。

いずれにしましても、自ら毒をあおって死ぬことにより、夫への嫌疑を万全なものにする――。澤子お姉様の捨て身の復讐劇は成功裡に幕を閉じたのでございます。

いかがでございましょうか。

ご指摘を受けるまでもなく、確たる証拠がないことは承知しております。けれども、わたくしの中ではもはやこれ以外の真実はあり得ないといったら、早計の誹《そし》りを免れないでしょうか。

正直申しまして、こうして事件の謎は解明できましたものの、わたくしにとってそれは心の平安とはほど遠いものでございました。

というより、実を申せば、わたくしの本当の地獄はそのときから始まったのでございます。そしてその苦しみは、あなたの真意をお聞きしたいまでもなお、少しも和らいではおりません。

なぜかといえば、ことここに至って初めて、わたくしは、あなたの行動の裏にある真意をいやというほど思い知らされたからでございます。

犯人は澤子お姉様その人だった。

治重お義兄様。あなたはとっくの昔に、この結論に到達していらっしゃったのですね。そしてそれと同時に、あなたは、妻をそこまで追い込んだ張本人がほかならぬご自分であることを自覚されたのではないでしょうか。

自分の裏切りがなければ、芳雄はもちろんのこと、澤子お姉様も命を落とすことはなかったはずだ――。悩んだあなたは、結局ただのひと言も弁解することなく、一身に罪を背負う道を選び、刑に服してしまわれたのでございます。

むろん、澤子お姉様犯人説は推理から導かれる仮説の一つに過ぎません。どれほど論理的で納得性があろうと、その推理を裏づける証拠がないかぎり、いやしくも捜査機関が事実として断定することはできないでしょう。

とはいえ、あのときのあなたは、最重要容疑者として警察から睨まれておいででした。動かぬ証拠がないなどと、悠長にかまえていられる状況ではございません。

ほかならぬ被害者が犯人――。頭の固い警察にその可能性を指摘するだけでも、捜査陣の目を覚まさせ、ご自分に対する嫌疑を多少なりとも減らす効果はあったのではないでしょうか。

それなのにあなたは、ご自分の名誉ではなく妻の名誉を守る決意を示された――。まるで殉教者ででもあるかのように、徹底して無言を貫かれたのでございます。

自首をしたのは、死刑判決を回避するための捨て身の作戦だった――。お手紙の中で、あなたはそう釈明されています。容易には信じられないお話とはいえ、世間の人たちなら、あるいはそういうこともあるかと納得するのかもしれません。

けれど、このわたくしは違います。わたくしが知っているかぎり、あなたはそんなことで怯《ひる》む方ではないはずです。どうしてそんな釈明にやすやすとうなずけましょう。

それともあなたは、それさえも、このわたくしを守るためにしたことだと仰るおつもりでしょうか。

澤子お姉様犯人説を説明しようと思えば、あなたとわたくしの関係を避けて通るわけにはまいりません。

それは楡家とわたくしの名誉を傷つけ、結果として、庸平とわたくしの結婚生活を破壊することになる。あなたは、そんな事態だけは避けたかったと仰るのでしょうか。そして、わたくしもまたそれを懼れていたとでも……。

同じ一つの恋愛でも、男と女はこんなにもすれ違うものなのでございますね。

あなたは夫として男として、澤子お姉様を庇い通されました。そしてそのためには、愛人のわたくしを切り捨てることもやむなしと決意されたのでございます。

あなたがわたくしを愛おしいと思ってくださった、その気持ちに嘘偽りがあったとは思いません。とはいいましても、あなたの行動の底にあったものは、決して良心の呵責や男気だけではなかったはずです。亡くなった澤子お姉様への憐《あわ》れみと思いやりがあってこそ、あなたはその罪を被ることができたのではございませんか。

損得も情欲も超越した憐れみと思いやり――。たとえ外に何人の女がいようが、男が妻だけに抱くその感情を愛といわずして、何が愛だというのでしょうか。

わたくしを苦しめたものは、ひとえに、すでにこの世にはいないあなたの妻への嫉妬心だったのでございます。

けれど、いまさらこんなことを書き連ねても仕方がございません。もう恨み言をいうのは止めにいたしましょう。

なにはともあれ、あなたは無事生き抜いて、こうして戻って来られたのです。

わたくしは、いまやすっかり寂れはてたこの楡邸で、週に一度、月曜日にやって来る家政婦だけを相手にひっそりと暮らしております。

夫を亡くし、親きょうだいを亡くし、子供もいない世捨て人同然の老女に、何をお気遣いいただく必要がありましょう。こうなったうえは、一日でも早くあなたを楡邸にお迎えすること――。いまのわたくしには、それ以上の望みはございません。

古めかしい表現をするなら、この屋敷は竈《かまど》の灰にいたるまであなたのものでございます。これでやっと、楡邸は本来のあるべき姿を取り戻せるのでございますね。その瞬間を思い描いただけで、この胸は感動に打ち震えております。

もっともそうは申しましても、いまのわたくしはもう、あなたの心の中にあるあの二十代の橙子ではございません。肌に深く刻まれた皺、丸くなった背中、そしてすっかり弱った足腰——。

あなたはこんなわたくしをどうご覧になるでしょうか。

愛する治重お義兄様。今日はこれで筆をおくことにいたします。

お返事を心よりお待ちしております。

そして、どうかわたくしの切なる願いを聞き届けてくださいませ。

平成二十年十月十五日

楡　橙子

書簡――治重より橙子へ

橙子様

さっそくのご返信、どうもありがとうございました。

いきなりのぶしつけな手紙をあなたがどう思われるか、投函してからも不安でたまらなかったのですが、温かいご返事をいただき喜びに堪えません。

筆ペンで書かれたのでしょうか。こんなにも美しい毛筆の文章を見たのはいつ以来のことか――。もはや思い出すことすらできません。

印字された無味乾燥な文書を見慣れた目には、あなたが書かれた一文字一文字がまるで生命あるもののように浮き上がり、あなたが語られる言葉の一つ一つが深い響きをもって臓腑に沁み渡ります。

字は人を表すといいますが、四十二年間の苦難を経てもなお、これほど静謐《せいひつ》で揺るぎのない心を保つのは、並大抵の精神力でできることではありません。あなたにはただただ感嘆するばかりです。

橙子さん。あなたはやはり昔のままのあなたなのですね。思慮深く控え目で、それでいてシニカルで一本気で。

そのあなたが、なんといまでは世捨て人同然の生活だと仰るのですか。しかも皺だらけで腰の曲がったお婆さんだと――。いやいや、とんでもありません。たとえ肉体は変化しても、本物の美しさは内面から醸し出されるものです。

僕には、昔と少しも変わらない凛《りん》としたあなたの姿が目に浮かびます。あなたがあなたであるかぎり、僕にとってのあなたが変わることはあり得ないのです。

そして、僕はあなたにお詫びをしなくてはなりません。

あなたの手紙を読むまで、正直、僕は自分の行動がそれほどまでにあなたを苦しめていたとは、夢にも思いませんでした。というより、僕には、あなたの胸中を慮《おもんぱか》るだけの余裕がなかったというべきでしょうか。

独りよがりで自分勝手。そんな人間に人を愛する資格はないといわれれば、返す言葉もありません。結局のところ、僕はしょせん人情の機微に疎い唐変木《とうへんぼく》だったのでしょう。

思えば、あなたは昔から冷静で忍耐強い人でした。そもそもの出会いのときから、あなたは僕よりよっぽど大人だったのかもしれません。そして、どうやら僕はそんなあなたにずっと甘え続けてきたようです。

いまさらながら、深く恥じ入るしかありません。

しかし、あなたはこんな僕でも無条件に赦《ゆる》してくださったのですね。しかも仮釈放で出て来たばかりの僕を、なんと楡邸に迎えるとまでいっておられます。

この僕にもいまだに家族と呼べる人間がいたこと。そして帰る家があるということ――。これを奇跡といわずして、何を奇跡というべきでしょうか。

こんなことをいうと奇異に聞こえるかもしれませんが、天涯孤独の人間にとって、よくも悪くも自分の居場所が定まっている刑務所暮らしは、ある意味天国だといえるでしょう。なんの努力をしなくても確実に衣食住が保証され、誰に遠慮もいらないからです。

その天国を出るということは、すなわち安全な居場所を失うことであり、それは取りも直さず、飢えと寒さと偏見の世界に丸裸で舞い戻ることを意味しています。頼るべき家族も友人もない者にとって、それは脅威以外の何ものでもありません。

長い刑務所暮らしの中で、僕はそんな人間を何人も見てきました。それに引き換え、僕はなんという果報者でしょうか。

そうはいっても、世に犯罪者を歓迎する人はいません。ましてや殺人犯ともなれば、すれ違うのも嫌がる人が大部分でしょう。

楡邸は人里離れた山の中にあるわけではないのです。いくら楡家が近隣から一目置かれている旧家でも、僕がのこのこと楡邸に舞い戻れば、周囲から白い目で見られることは避けられません。ことによったら事実上の村八分にもなりかねない――。それを承知で僕を受け容れてくださるあなたには、本当に感謝の言葉も見つかりません。

僕の人生にあなたという人がいて本当によかった。これは掛け値なしの僕の本心です。けれども、だからといって、僕があなたのその申し出をお受けするかといえば、それはまた別の話だといわざるを得ません。

現在の僕は仮釈放に伴う保護観察中で、自由であって自由ではない状況にあります。自分の一存で身の振り方を決めることは許されないのです。

そういった手続上の問題もありますが、実はそれだけではありません。正直な話、いまの僕は、楡邸であなたと暮らす自分を想像することができないのです。というより、想像することが怖いといった方が正しいでしょうか。

四十二年前、僕たちは深く愛し合っていました。そして、いまもその気持ちにみじんも変わりはない。それは疑いがないとしても、あなたも僕ももはやあのころの僕たちではありません。これはあなたご自身が認めていらっしゃるところです。

考えてもみてください。これだけ長い歳月をまるきり違う環境で過ごした男女が、はたして一つ屋根の下で円滑な共同生活を営めるものかどうか——。人間は歳をとるほどに柔軟性を失っていきます。答えは火を見るより明らかでしょう。

前回の手紙で、僕は刑務所から出て来た自分を浦島太郎になぞらえました。

ひょんなことから竜宮城に連れて行かれ、ときも忘れて異世界での日々を過ごしたあげく、ふたたび現世に舞い戻った漁師の若者——。郷里に帰ってふと気がつけば、周囲には知っている顔は一つもなく、彼はいつしか白髪の老人になっていたのです。

このおとぎ話の寓意については、さまざまな解釈が可能なことでしょう。しかしいまの僕には、これは現世と異世界にまつわる逆説の物語に思えてなりません。

ごくふつうの人間である浦島太郎にとって、現世とは生まれ育った現実の世界であり、乙姫と夢の時間を過ごした竜宮城が異世界であることは論を俟《ま》たないようにみえますが、はたして本当にそうなのでしょうか。

あらためてあの物語を思い起こしてみると、一つ気づくことがあります。

浦島太郎伝説には種々のバージョンがありますが、そのどれにも、竜宮城を訪れる以前の彼の人生を物語る具体的なエピソードがありません。極端にいえば、彼の人生はカメの背中に乗り、海の奥深くの竜宮城を訪れたところから始まっているのです。

そうだとすれば、竜宮城はたんなる異世界ではありません。たとえ本人の意識では短い期間だったとしても、凝縮されためくるめく体験があり、実際に人生の大半をそこで費やした以上、彼にとっては海の中こそがまさしく現世であったわけです。

それというのも、ほかでもありません。白髪の老人となって生まれた世界に舞い戻って来たこの僕も、あの事件が起きるまでの人生で、自分はいったい何をやったといえるのか――。もはや思い出すことすらできないのです。

いまとなっては、あの上っ面だけの虚飾と自己満足に満ちた生活は、現実の人生ではなくいっときの幻だったのではないか。そして自分にとっては、その後の刑務所暮らしこそが紛れもない本物の現世だったのではないか――。僕はひそかにそう思わないでもないのです。

ところで、僕は間もなくこの岸上の家を引き払うことになっています。移転先はここから二キロほど離れた小さな一軒家で、以前自殺騒ぎがあったという、いわゆるわけあり物件なのですが、世を忍ぶ仮釈放者の侘び住まいには打ってつけというべきでしょう。そんな事情でもなければ、僕のような者が借家に入るのは簡単ではないのです。

家賃は格安ですし、神社と廃工場に挟まれた静かな環境もとても気に入っています。市立病院も歩いて行ける距離にありますから、おそらくはここが僕の終《つい》の棲家《すみか》になるのではないか。そんな気がしてなりません。

橙子さん。楡邸は、あなたが生涯をかけて守ってこられたあなたの居城です。僕のことはかまわずに、これまでどおりにゆったりとお暮らしください。

あなたがそこで安寧《あんねい》な生活を全うされることが、すなわち僕にとっての安寧でもあることを、どうか忘れないでいただきたいのです。

さて、それはそれとして、もう一つの話題――というより、僕の中ではむしろこちらの方が本題なのですが、今回あなたが提唱された非常に興味深い仮説について、僕の意見を述べてみたいと思います。

あなたが僕の問い掛けを真正面から受け止めてくださったこと。そして、ただちに忌憚《きたん》のないご意見をお聞かせくださったこと――。悩める者にとって、こんなに嬉しいことはありません。この感謝の気持ちを、どうしたら的確に表現できるでしょうか。

いまの僕たちの最大の課題は、いうまでもなく、四十二年前のあの事件の真相を解き明かすことでしょう。一言一句もゆるがせにしない文面からは、あなたがいかに真剣にこの問題と向き合っておられるか、その心情がひしひしと伝わってきます。

あなたにご相談して本当によかった。そうでなかったら、僕はいまだに推理の袋小路で悶々《もんもん》としていたはずです。

繰り返しになりますが、僕の問い掛けは、長い刑務所生活の中で僕が最終的に到達した結論——すなわち兵藤犯人説について、あなたの見解と助言を求めるものでした。いうまでもなく、それは僕がない知恵を絞った推理の産物だったことになります。


あなたも認めておいでのとおり、毒入りチョコの包み紙の切れ端があなたの上着のポケットから出て来たという動かしがたい事実——。犯人を特定するためには、この問題を避けて通ることはできません。

いえ、むしろ、意図的にあなたを陥れようと画策したこの行為こそが、あの事件の核心をなしているといってもさしつかえありません。そしてそうだとすれば、たとえ確たる証拠はなくとも、少なくとも犯人にその実行可能性があったことは、最低限説明する必要がございましょう。

その点につきまして、残念ながら、あなたの唱える兵藤さん犯人説には致命的な欠陥があるようにわたくしには思えます。

結論からいえば、兵藤さんには、あなたの上着のポケットに銀紙の切れ端を入れる機会はございませんでした。

　これは当時の警察がさんざん調べた結果でもありますし、あなたの推理力をもってしても、納得のいく解答は見つからなかったのが何よりの証拠でございます。千華子お義姉様や芳雄を利用しようにも、そのふたりにもあなたの上着に手を入れるチャンスはなかったのですから、諦めるしかございません。

　どれほど魅力的な仮説であっても、一つの考えに固執することは、ほかの可能性から目をそむける危険を伴いましょう。

　コーヒーカップに毒を入れた犯人と毒入りチョコを仕込んだ犯人は同一人物である――。状況からして、この前提は動かしがたい以上、兵藤さん犯人説にはやはり無理があるのではないでしょうか。


　僕が提示した兵藤犯人説を、あなたはこのように述べて一蹴されたうえで、被害者の自作自演による澤子犯人説を展開されています。


　そう思って振り返りますと、澤子お姉様には、あの事件を起こすだけの動機が十二分にあったことが分かります。その最大のものは復讐心でございましょう。

　なんといっても、澤子お姉様は例の証拠写真を隠し持っていたのです。わたくしたちの裏切りを知っていたことは、疑いの余地がございません。

澤子お姉様が犯人であるなら、コーヒーカップの一つにこっそり傷をつけることも、そのカップに毒を仕込むことも、毒入りカップが自分に配られるようスミエさんに指示することも、何もかもがいとも容易でした。

しかも、それだけではございません。あなたの喪服の上着のポケットに、それとは知られずに毒入りチョコレートの包み紙の切れ端を忍び込ませる――。実行不可能かと思われたこの偽装工作も、犯人が澤子お姉様となれば話は違ってまいります。

なにしろ、当の本人が喪服の用意をしたのでございます。細工を施すのに、なんの造作がありましょうか。あなたが喪服に袖を通したとき、あの銀紙はすでにポケットに入っていたに相違ございません。

いずれにしましても、自ら毒をあおって死ぬことにより、夫への嫌疑を万全なものにする――。澤子お姉様の捨て身の復讐劇は成功裡に幕を閉じたのでございます。

他殺に見せかけた自殺――。なるほどこれは盲点だったといえるかもしれません。

日ごろの澤子を知っている人なら、まさか彼女が自殺をするとは思わないはずです。ましてや、明朗で社交的な仮面の奥にこんなにもドロドロとした愛憎が渦巻いているとは、想像もできますまい。

もっとも、他殺に見せかけた自殺の事例がまるでないわけではありません。

早い話が、自殺だと生命保険の保険金が下りない場合もありますし、世の中には、自殺を恥や罪だと捉える風潮も存在するからです。そうであれば、できるかぎり自殺した事実を隠蔽しようと考える人がいてもおかしくないでしょう。

だとしても、一つしかない命です。ほかに死ぬ理由があるならいざ知らず、他人を陥れるためだけに命を投げ出す人がそうそういるはずもありません。

意表を突くアイデアであることは確かで、そんな捨て身の復讐を思いつく澤子も澤子なら、その澤子の企みを簡単に見破ってみせるあなたも、たいした想像力の持主だと感心するばかりです。とはいいながらも、正直、僕の心が少々重いのには理由があります。

それというのも、あなたの推理は、一つのお話としては非常に魅力的ではあるのですが、澤子犯人説は、そもそも仮説として存在する余地がないからなのです。

そして、まさにそれゆえに、僕は前回その可能性に触れなかったわけですが、結果的には、どうやらそれがあなたの誤解を生んでしまったようです。

どういうことなのかご説明しますと、あなたの澤子犯人説は、僕の上着のポケットに銀紙の切れ端を入れることができた人物が澤子以外に存在しないという事実、そして、澤子にとってはそれがいたって容易であった事実が大前提となっています。

澤子は僕の妻なのですから、僕の喪服を用意したのが彼女であることはいうまでもありません。つまり僕が上着に袖を通したときには、すでにそこには、動かぬ証拠がばっちりと仕込まれていたというわけです。

妻が着せかけた上着のポケットを、いちいちチェックする夫はいません。仮にいるとしても少数派でしょう。かくいう僕も、そういった雑事はすべて澤子に任せていました。

僕は煙草を吸いません。となれば、そもそもポケットの中身はハンカチとチリ紙くらいのものです。自宅にいればそれさえも不要で、ポケットには、結局手を入れないままで終わる可能性が高かったと考えられます。

ところが、あの日は違っていました。

ダイニングルームでのティータイムが始まる前、喉が渇いたので台所に出向いた僕は、そこでたまたまジュースの盗み飲みをしていた芳雄と鉢合わせをしたのです。

焦った芳雄がテーブルにジュースをこぼし、こぼれたジュースをハンカチで拭いてやろうと、図らずもポケットをまさぐる羽目になったことが、結果として大きな意味を持つことになりました。

澤子は決して気が回らない女ではないのですが、あの日は法要の準備でバタバタしていたからでしょう。ズボンのポケットにも上着のポケットにも、ハンカチは入っていませんでした。せめてチリ紙でもないかと隅々まで探したので、これは疑いの余地がありません。その時点で、銀紙の切れ端がポケットに入っていなかったことは断言できます。

と、ここまでお話しすれば、結論はもうお分かりですね。

澤子があらかじめ喪服に細工をしていた事実はありません。そしてそれ以降、彼女はポケットに手を差し入れるどころか、僕の身体に触れる機会すらなかったのですから、澤子犯人説が成立しないことは明白だというべきでしょう。偶然の産物ながら、図らずも僕自身が澤子の潔白を証明する証人となったわけです。

僕の認識では、ですから、澤子は初めから被害者以外のなにものでもありませんでした。そしてそうである以上、僕が彼女を庇う必要など、どこにもなかったことはいうまでもないところです。

そして、もっといわせていただければ、そもそも澤子にとって、僕は命を捨ててまで復讐する価値のある夫だったのかどうか――。考えてみれば、それさえもすこぶる疑問だといわざるを得ません。

澤子にしてみれば、僕という人間は楡家における自分の地位を保証する存在で、それ以上でもそれ以下でもない。それが彼女の本音で、あからさまに妻をないがしろにしないかぎり、夫が外で何をしようがべつだん関心はなかったのではないか。僕にはそう思えてならないのです。

「おたくのご主人には女がいますよ」

おせっかいな知人がご注進におよんでも、男なんてそんなものだ――。最初の結婚で痛い目に遭っているだけに、浮気程度はもとより織り込みずみ。あの証拠写真も、いざというときのカードとして保管していたものの、自分から騒ぎ立てる気はなかったのが本当のところだと思われます。

また百歩譲って、澤子が僕の不貞行為に腹を立てていたとしても、その相手が誰なのかは知らなかった可能性が高いのではありませんか。

澤子もバカではありません。もし彼女が僕たちの関係に気づいていたなら、毒を飲まされた彼女が、搬送先の伊野原総合病院で、おとなしくあなたに付き添われていたはずがないからです。

なんにしても、僕が自首をしたのは真犯人である妻を庇うためだった――。あなたの指摘がまったくの誤解であることは、これで納得していただけたことと思います。

ところで、ここで一つ、はっきりさせておきましょう。

厳しいことをいうようですが、あなたは僕の真意を誤解しただけではありません。この僕に向けて、最大級の言葉で非難をなさいました。

男が妻を庇うのは、つまりは妻を愛しているからだ。すなわち、僕が澤子を庇ったのは、僕が彼女を愛しているからだと――。

その言葉がどれほど僕を傷つけたか、あなたは想像できるでしょうか。あなたはこの僕に、愛人失格の烙印を押したのです。

けれども、橙子さん。それなら、僕にもいわせてもらいたいことがあります。

かくいうご自分はどうなのでしょうか。あなたは、庸平さんの妻として、夫を庇ってはいないといいきれるのでしょうか。

僕が突然こんなことをいい始めたことに、もしかしたら戸惑っておいでかもしれませんが、これは決して邪推ではないはずです。

正直いって、僕はこれまであなたの愛を疑ったことはありませんでした。

あなたの気持ちはつねに僕に向けられている。あなたと庸平さんの関係は、僕と澤子の関係と同様、いわゆる愛とは異質のものなのだと――。

その確信が崩れたきっかけは、皮肉にも、あなたによって兵藤犯人説が完全に否定されたことにありました。

犯人が兵藤ではなく、むろん澤子でもないとすれば、当然ながらそれ以外の可能性を探るしかありません。そして、あれこれと考えをめぐらせていた僕の脳裡にふと浮かんだ疑問こそが、僕の目を開かせてくれたのです。

あなたは本当に庸平さんを愛していないといえるのだろうか。

確かに、あなたはつねづね意に染まない結婚生活を嘆いておられました。


伊久雄お兄様があんなことにならなかったら、澤子お姉様は、まず間違いなく庸平と結婚させられていたと思われます。

年齢といい条件といい、澤子お姉様の引き取り手として、庸平ほどの適任者は考えられません。けれど運命は気まぐれで、そして——誰よりもこのわたくしに対して——残酷でございました。

あなたを手に入れるために澤子お姉様を利用したお父様は、その代わりに、ちょうど適齢期を迎えていたわたくしを庸平にあてがうことにしたのでございます。

万一のときのために——。元使用人であるがゆえに婿養子になれなかった庸平と、楡家の二女のわたくしは、あの人にとってはたんなるスペア——掛け金のいらない保険に過ぎません。

同じ楡家の娘でありながら、長女と二女ではこんなにも格差があるものなのか——。澤子お姉

様の罪ではないことは承知しながらも、恨まずにはいられなかったのは事実でございます。

今回の手紙の中でも、あなたはこんな表現で、ご自分の夫だった大賀庸平さんにさりげなく二流の評価を下されています。

自分は夫を愛してなどいない。あなたの必死の叫びが聞こえるようです。

もっとも、実際の庸平さんは――僕は一緒に仕事をしていたからよく知っているのですが――決して凡庸な人物ではありませんでした。

それどころか、冷静な観察眼や細かな数字に関する記憶力は、敏腕で鳴らした伊一郎氏もおよばないところで、そこに事件全体を俯瞰する洞察力が加われば、きっと弁護士として大成したことでしょう。

とはいえ、庸平さんに対するあなたの採点はそれなりに理由があってのことに相違なく、僕としても、いまここでその当否を問うつもりはありません。

不本意な結婚を強いられたあなたは、庸平さんの死後、夫の親族との姻族関係を断ち切って楡姓に戻られました。

世間から見れば冷たい嫁でも、人にはそれぞれ事情があります。非難される謂《いわ》れはありませんが、自分はもう大賀家の人間ではない。あなたの断固たる意思がそこに表れていることは疑いがありません。

けれど僕がいいたいのは、そんなあなたも――いや、そんなあなただからこそ――うわべでは夫を軽んじていると見せかけて、実のところはしっかり庸平さんを庇っていらっしゃるということなのです。

あなたがいわれるところの、損得も情欲も超越した憐れみと思いやり。あなたは、まさしくその憐れみと思いやりを、亡き夫に向けていまなお持ち続けておいでなのではありませんか。

結婚した夫婦だけに生まれるその摩訶不思議な感情を、愛と呼ぶべきかどうかは僕には分かりません。しかし確実にいえることは、あなたは間違いなく庸平さんを庇っていて、しかも非常に巧妙にその真意を押し隠している――。当然、その背後には、きわめて重大な何かが隠されているということです。

ここまでくれば、その先はいわずともお分かりでしょう。

庸平さんが犯人――。正確には、庸平さんは犯人グループの一員だということですが、このきわめて単純明快な結論に、熟練の推理小説マニアだったあなたが気づかなかったはずはありません。

あなたは自分の夫があの事件の犯人であることを知りながら、それについては貝のように口を閉ざす道を選択されたのです。

そう思って振り返れば、庸平さんの転落死について、あなたが意味深長な物言いをされたことも合点がいくというものです。

正直申しまして、あの事件があってからというもの、楡法務税務事務所の経営は決して順調で

はございませんでした。

よくも悪くも辣腕弁護士として鳴らしていたお父様と、堅実な仕事ぶりで評判だった治重お義兄様。そのふたりが抜けても依頼人が列をなすほど、世の中甘くはございません。

いくらまじめで誠実でも、名門事務所の看板を背負うのは、やはり庸平には荷が重かったのでございましょう。佐倉さんとの確執もあって、文字どおり内憂外患だった庸平は、毎晩遅くまで事務所で仕事に励んでおりましたが、帰宅してもなかなか寝つけなかったようでございます。

これはここだけの話ですが、庸平が当時重度のノイローゼだったことは否定できないところでございます。まさかとは思いますものの、もしこれが事故ではなく自殺だったとしたら……。庸平もまたあの事件の被害者だということでございましょう。

あなたはこう述べて、庸平さんの死が本当は自殺であったことを仄《ほの》めかしています。しかし、事務所経営がうまくいかない程度のことで、あの庸平さんがはたして自殺などするでしょうか。僕には到底納得がいきません。

もともとが苦労人の彼は、それまでにも幾多の偏見や挫折を乗り越えてきました。やわなエリートと違い、打たれ強いとでもいったらいいでしょうか。妻であるあなたも当然、自殺の原因はほかにある——。そう思われたはずです。

つまり、庸平さんが当時重度のノイローゼだったとすれば、そこには事務所経営以外の原因があったと考えるべきで、彼がなんらかの罪の意識に苛《さいな》まれていたことも、おおいにあり得るといえるでしょう。

あの事件の犯人はもしかすると庸平さんだったのではないか。それまでは頭をよぎりもしなかった突飛な考えが芽生えたのも、実は、あなたの手紙にあったある言葉がヒントになったといったら、あなたはどう思われるでしょうか。

もし澤子お姉様があの事件を仕組んだ真犯人だったとしたら――。そして、何かの拍子にあなたがその事実に思い至ったのだとしたら――。あなたが妻を庇おうとなさってもおかしくはございません。

被害者が犯人。すべては澤子お姉様が仕組んだことだった――。そうと分かってみれば、コロンブスの卵とでも申しましょうか。奇怪だと思われたあの事件も、実はしごく単純な話だったことになります。

トリックだのなんだのと、むずかしく考える必要などなかったのでございます。

あなたは澤子犯人説を説明するにあたり、こう書かれました。

まったくそのとおりで、目から鱗《うろこ》とはこのことでしょう。

トリックだのなんだのと、むずかしく考える必要はないのです。現実の事件は推理小説とは違い、しごく単純で明快なものに違いありません。

僕はあなたのこの言葉によって、無意識のうちに、誰が犯人にせよ、それは原則として単独犯であるべきだという、推理小説ならではの固定観念に囚われていた自分に気づいたのです。

もちろん、ひと口に推理小説といってもその中身はいろいろです。当然ながら、犯人は単独犯にかぎるというルールがあるわけではありません。

発生する個々の事件ごとに犯人が違うことはザラですし、中には全員が犯人という作品まであって、それがまた古典的名作とされているくらいなのです。要するに、なんでもアリというのが本当のところでしょう。

それでも、犯人と探偵の対決は究極の知恵比べです。一対一の真剣勝負であってこそ、最高の興奮が味わえることに変わりはありません。かぎられた容疑者の中では、犯人の数が増えれば増えるほど犯行は容易になり、アクロバティックなトリックやロジックの出番が減ってしまうからです。

それに比べると、世の中の犯罪はあっさりしたものです。僕の弁護士時代の経験からも、それは明言できます。頭脳明晰で狡猾極まりない犯人や、天才的な閃きを持つ名探偵がいなくても、日々事件は起き、そして解決されています。

その代わり、というのもなんですが、共犯者がいる犯罪は数多く存在します。怨恨や変質者による犯罪は別として、欲得がらみの犯罪は仲間を募りやすく、実際、相棒がいた方が犯行は格段にやりやすいからでしょう。

そこで本件を見直してみますと、これはもう、思わず笑ってしまうほど簡単な話だったことが分かります。

だいたい、この事件における重要な登場人物のひとりである庸平さんが、捜査の早い段階で容疑者からはずれていたのはなぜでしょうか。

それは、庸平さんにはあの日、他人に気づかれることなく僕の上着に手を触れる機会がなかったこと。そして、彼はそもそも台所に入ってはいないのですから、コーヒーカップに亜ヒ酸を仕込む機会もなかったことに尽きるわけですが、その彼に実は共犯者がいたとなれば、話は根底から違ってきます。

それでは、ここで当時の状況を振り返ってみましょう。

あのとき、澤子が救急車で病院に運ばれてから、ダイニングルームには僕のほかに庸平さん、佐倉、兵藤、芳雄。男ばかり五人が残されたことは、あなたもご存じのことと思います。

その後、兵藤と芳雄が席をはずしたため、結局その場に残ったのは僕と庸平さんと佐倉の三人になったのですが、本当をいえば、僕はずっと彼らのそばにいたわけではありません。それというのも、ちょうどそのとき、澤子に付き添って病院に行った千華子さんから電話があったからで、時間にすれば七、八分程度だったでしょうか。

スミエさんは久和子さんのところでしたから、玄関で電話をとったのはこの僕で、その間、ダイニングルームには庸平さんと佐倉のふたりきり。当然ながら、僕の喪服の上着は背もたれに掛けられたままになっていました。

ということは、もしそのふたりが共謀していたとすれば、なんのことはありません。僕の上着のポケットに銀紙を仕込むことは、いとも容易だったことになります。

考えてみれば、庸平さんにしろ佐倉にしろ、元来が楡家の人間ではありません。そして、どちらもあの事件を引き起こす動機を充分に持っていたことは、前回の手紙でも申し上げたとおりです。

伊一郎氏の後継者だった伊久雄さんが亡くなられた時点で、彼らはそれぞれバラ色の未来を夢見る立場にありました。庸平さんが法務部門で、佐倉が税務部門。楡法務税務事務所の経営者になれるとすれば、願ってもない僥倖だったことでしょう。

しかしながら、人生は思惑どおりにはいかないものです。そうは問屋が卸さない。ことわざにもあるとおり、彼らは大いに失望する羽目になりました。

なぜかといえば、亡き伊久雄さんの後釜として、新たな後継者候補の物色が始まったからで、やはり伊一郎氏は一筋縄ではいかない人物でした。その結果、伊一郎氏のお眼鏡に適《かな》ったのがかくいうこの僕で、彼らの夢は無残にも潰《つい》えたわけです。

長女澤子の婿養子となり、孫の芳雄と養子縁組を結んだ僕はともかく、庸平さんも佐倉も、楡家にとってはしょせん他人に過ぎません。

僕がいるかぎり――そして澤子と芳雄がいるかぎり――将来の夢は絶たれたも同然。澤子と芳雄と僕の三人をまとめて抹殺する動機を持つ人物として、彼らふたりの右に出る者はいないでしょう。

よく考えてみれば、それは当然の話だったのです。

にもかかわらず、彼らが共犯である可能性にまるきり思いおよばなかったのはなぜなのか――。恥ずかしながら、答えは決まっています。まったくもってうかつなことに、彼らが演じてみせた猿芝居に、僕がまんまと騙《だま》されたからにほかなりません。

伊野原総合病院にいる千華子さんから電話があったとき、僕と庸平さんと佐倉の三人がダイニングルームに残っていたことは、先ほど申し上げたとおりです。

この三人は、故伊一郎氏の縁故者であると同時に、たまたま楡法務税務事務所の構成員でもあったわけですが、その席上、事務所の運営をめぐり、佐倉から強烈な要求が出されたことはまだお話ししていませんでしたね。

今後は、楡法務税務事務所の名称を楡・佐倉法務税務事務所にすべきこと。経費の分担についても、計算方法を考え直すべきこと。けんか腰でこそなかったものの、税務部門担当の佐倉が、法務部門の僕と庸平さんへの不満をあらわにしたのです。由々しき事態には違いありません。

このさい、いうだけのことはいわせてもらう――。伊一郎氏の死去を潮にいっきに強気に転じたものとみえ、口ぶりにも顔つきにも自信が溢れています。

いまは、そんな話をする場合ではないだろう。もちろんそれもありましたが、弱ったな、というのが、僕の正直な感想でした。

楡法務税務事務所の名称からも分かるように、うちの事務所では、顧問契約をしている会社の大部分が法務と税務両方の顧客を兼ねていました。ですが、とかく争いごとを嫌う日本の社会風土の反映でしょう。優良企業ほどトラブルを起こさない一方で、税務部門には毎年かならず世話になることが決まっています。

要するに、弁護士より税理士の方が、ふだんから顧客と接触する機会が多いのが現状で、もし佐倉がそれらの会社を引き連れて独立するようなことがあれば――。僕らも少なからぬ痛手を被ることは避けられません。

あなたもご存じのように、庸平さんは口数が少ない人です。佐倉が息巻いている間も、表立って反論こそしませんでしたが、だからといって、決して佐倉に同調していないことは態度で分かります。

ふたりの間に漂う険悪な空気を感じた僕は、佐倉と庸平さんがタッグを組むことはあり得ないと、勝手に思い込んでしまったわけです。

それにしても……。ふたりが共謀していたことを知ったいまでも、釈然としない部分があることは否定できません。

庸平さんと佐倉は、根本的に違うタイプの人間だと思われます。ふたりが心底意気投合していたとは、正直考えにくいのです。実際、僕を排除することに成功したあと、彼らは結局のところ決裂しています。

僕が思うに、彼らは共通の利害だけで結ばれていたのでしょう。それとも、その決裂自体が一種のカムフラージュで、彼らは最初から最後まで計画どおりに振る舞ったに過ぎないのでしょうか。

ところで、肝心の犯行計画ですが、むろん、それは僕の上着のポケットに銀紙の切れ端を仕込むだけの話ではありません。犯人はそれ以前に、澤子が飲んだコーヒーと、芳雄が食べたチョコレートに毒を盛る必要があるのですが、肝心のその毒殺はどのような手順で実行されたのでしょうか。

警察が佐倉と庸平さんを容疑者からはずしたのは、法要が終わってから全員がダイニングルームに移動するまでの間、彼らはどちらも応接間から一歩も出ていないと認定されたからであることは、さきほども述べたとおりです。そして、それはいうまでもなく、彼らが互いに互いを監視していたものとみなされたからにほかなりません。

しかしそのふたりが実は共犯者だったとなれば、彼らのアリバイは根底から崩れることになります。なにしろ互いに監視するどころか、見張りの役目を果たすのですから、隙をみて台所に忍び込むことは充分に可能だったわけです。

そこまではいいとして、ここでまた新たな疑問が生まれます。

それはほかでもありません。たとえ彼らが台所に侵入し、空のコーヒーカップの一つに亜ヒ酸を仕込むことができたとしても、その毒入りコーヒーが確実に澤子に配られる保証はない。兵藤犯人説の際に生じた問題がふたたび浮上するからです。

本来なら、ここで庸平・佐倉共犯説は壁にぶち当たるところでした。少なくとも、いままでの僕だったら、きっと挫折していたことでしょう。

けれど、むずかしく考える必要などない。目から鱗のあなたの名言は、またもや僕を窮地から救ってくれました。

共犯者はふたりまでにかぎる。そんなルールはどこにも存在しません。庸平さんと佐倉のふたりだけでは犯行が不可能だというなら、犯行を可能にするもうひとりの共犯者を見つければいいのです。

それでは、いったい誰がもうひとりの共犯者たり得るでしょうか。べつにむずかしく考えなければ、ここでも答えはおのずと導かれます。

伊一郎氏お気に入りのひと口チョコに亜ヒ酸を仕込み、それをこっそり芳雄に与えることが可能な人物。コーヒーカップの一つに亜ヒ酸を入れることも、その毒入りコーヒーを確実に澤子に配ることも容易にできる人物――。これはもう、台所の主・スミエさんのほかにはいないでしょう。

もっとも、スミエさんは昨日今日雇われた使用人ではありません。それどころか、生涯を楡家に捧げた忠義者だといっても過言ではないのです。

警察が事実上スミエさんを容疑者からはずしていたのも、そういった経歴に加え、彼女には主人一家に牙をむく動機がまったく見当たらないことが、最大の理由だったと考えられます。

そうであるなら、忠実な家政婦のはずのスミエさんが、実は反逆者チームの一員だったという衝撃的な事実を受け容れるためには、もう少し具体的な情報が必要だと思われます。たぶん、あなたも同じご意見ではないでしょうか。

それでは、彼女はいったいどんな事情を抱え、なぜひそかに庸平・佐倉チームに加担する決意をしたのでしょうか。

ここで少々、僕の見解を述べてみたいと思います。

僕が調べたところによりますと、岩田スミエさんは明治三十八年の生まれで、事件当時は六十一歳。十五歳で楡家に奉公に来てから、結婚のために中断した時期を挟み、人生の大半を楡家で過ごしたことになります。

その楡家で、彼女がどんな待遇を受けていたのかといえば、なにぶんにも昔のことですし、使用人に厳しい伊一郎氏の性格もあるでしょう。僕が知っているかぎりでも、厚遇されていたとはいいかねるものの、さりとて、特に冷遇されていたとも思えません。

女主人である久和子さんにしても澤子にしても、多少わがままなところはあっても、そこまで非常識な人間ではないからです。少なくとも、スミエさんが殺意を抱くほどの確執がなかったことは間違いありません。

そこで気になったのは、佐倉がスミエさんの従兄の息子だという事実でした。

いうまでもなく、佐倉はその縁故によって楡法務税務事務所のパートナーになったわけですが、子供のいないスミエさんが、彼を我が子のように可愛がっていたことは大いに考えられるでしょう。

というより、すでに老境に差しかかっていた彼女にとって、郷里の親族や楡家関係者の中で、本当に頼りになる存在は佐倉しかいなかったのではないでしょうか。

疑問に思った僕は、岸上に頼んで佐倉の戸籍謄本を調べてみたのですが、そこで判明した事実が二つあります。

その一つは、大正十三年生まれの佐倉は、確かにスミエさんの従兄夫婦の三男として出生届が出されているのですが、それによると――なんともおかしなことに――、彼は同夫婦の二男誕生のわずか八ヵ月後に生まれているのです。

そしてもう一つは、その佐倉の出生の前後に該当する期間が、スミエさんが結婚・離婚のために郷里に戻っていた時期とぴったり重なっているということです。

スミエさんは、満十八歳になった大正十二年に結婚しているのですが、早くも一年後に離婚。それが佐倉の生まれるちょうど五ヵ月前のことで、彼女は離婚後の二年間を実家で過ごしたのち、ふたたび楡家で奉公を始めています。

これらの事実を考え合わせれば、佐倉は、本当はスミエさんが産んだ彼女の実子なのではないか。そしてスミエさんは、赤ん坊が乳離れするのを待って福水市に戻って来たのではないか。そう疑ったとしても、あながち邪推とはいえないでしょう。

戦前の日本では、結婚をしていない女が子供を産むことはタブーとされていました。

もし佐倉がスミエさんの実の息子だとしたら――。そして、もしスミエさんの離婚原因が、彼女が夫の子ではない赤ん坊を宿したことにあったとしたら――。親戚の夫婦の戸籍に入れてもらったことは充分にあり得ると思います。

スミエさんがふたたび楡家で働き始めたのも、離婚の事情が事情なだけに、郷里では暮らしづらかったのではないでしょうか。住込みの奉公人なら衣食住にカネがかかりません。無駄遣いをしなければ、息子を大学にやることも可能でしょう。

スミエさんが再婚しなかったのはそのためだったとすれば、りっぱに税理士となった佐倉がさぞ誇らしかったと思われます。

このままいけば、我が子が事務所経営者に昇格するのも夢ではない――。その佐倉が僕に出し抜かれたとあって、彼女が強い憤りを感じたとしてもふしぎではありません。

もしかするとスミエさんは、たんに佐倉に手を貸したのではなく、自らの復讐心から率先して行動したのではないか。僕にはそんなふうにすら思えます。

いかがでしょうか。

庸平さんと佐倉とスミエさんと――。その三人が共謀してあの事件を仕組んだのだとしたら、これは、人を人とも思わぬ振る舞いでのし上がった楡家の人々に、天が与えた罰だったのかもしれません。

そして、そんな伊一郎氏の誘いにやすやすと乗った僕も、結局は手ひどいしっぺ返しを食らったことになります。

ここまでつらつらと書き連ねてきましたが、橙子さん。どうやら僕たちも、きれいごとではなく本音で話し合うべきときが来たようです。

正直いって、この数日間というもの、書きかけの手紙を前に僕がひたすら悶々と過ごしていたと告白したら、あなたはどうお答えになるでしょうか。

待ちに待ったあなたからの返信は、読めば読むほど、僕に多くのことを気づかせ、そして考えさせるものでした。あなたの熱い言葉に狂喜したのも束の間、僕はふたたび奈落の底に突き落とされる羽目になったのです。

へたに推理などしなければよかった――。苦い思いが湧き上がります。

幸せも不幸も、心の天秤はほんの小さな重りで大きく傾くものです。事実、いまの僕には苦しみしかないといっても過言ではありません。犯人が分かったところで、いまさらなんになるというのでしょうか。やりきれなさと虚しさが残るだけです。

それにつけても、嫉妬とはおそろしいものですね。

およそ人間が抱く感情の中で、嫉妬ほど負のエネルギーを放出させるものはありませんでしょう。

あなたがいわれるとおりです。

あなたが澤子犯人説に辿り着いたのが、あなたの中に潜む嫉妬心のなせる業だったとすれば、僕が庸平さん犯人説に行き着いたのも、結局は同じ嫉妬心のなせる業だったのでしょう。

あの事件について考えをめぐらせればめぐらせるほどに、そしてあなたへの手紙を書き進めるほどに、あなたは僕ではなく庸平さんを守ったのだ――。脳内で執拗に繰り返されるこの悪魔の囁《ささや》きを、僕はどうすることもできないでいます。

あなたが昔もいまも変わらず僕を愛してくださっていること。そして、あなたが庸平さんに示した行動の底にあったものは決して恋心などではなく、損得も情欲も超越した憐れみと思いやりに過ぎないこと。僕はその事実を疑っているのではありません。

むしろ頭では痛いほど分かっているにもかかわらず、心がどうしてもそれを受け容れようとしないというのが本当のところです。

あなたがどれほど僕を想ってくださったにせよ、あなたの夫は大賀庸平さんでした。そしてその厳然たる事実は、あれから四十年以上経ったいまなお、微動だにすることがありません。なぜなら、あなたはいまだに妻として女として、――この僕に対してすら――庸平さんを庇い続けていらっしゃるからです。

たとえほかに男がいようが、妻が夫だけに抱くその感情。それを愛といわずして、何が愛だというのでしょうか。僕は、あなたが僕に投げかけた質問を、そっくりそのままお返しせずにはいられません。

橙子さん。もう一度お訊きしましょう。

あなたは、それでも僕を楡邸に迎え入れるおつもりだったのですか。

真犯人が誰であるかを知っていながら――しかもその事実を秘匿し、僕を地獄に突き落としたその男の妻であり続けながら――、一つ屋根の下で僕と暮らすおつもりだったのですか。

僕と一緒に無邪気な顔で推理談議に花を咲かせる――。僕があなたの立場だったら、そんな欺《ぎ》瞞《まん》にはとても耐えられそうにありません。それとも、それこそが男と女の違いというものなのでしょうか。

もう何度も申し上げたことですが、僕の人生は出発点から間違っていました。虚栄と打算に屈した僕にとって、しょせん、本当の恋愛を貫くことなど夢のまた夢だったのでしょう。

もう一度、初めからやり直すことができたなら……。しかし、これもせんない繰り言に過ぎません。これからの生涯、僕はきっと、後悔だけを胸にひとりで生きていくのだと思います。

さて、夜も更けてきました。この手紙もそろそろ筆をおくべきときがきたようです。

これ以上、あなたと不毛な議論を続けようとは思いません。

最後の最後に、こんな見苦しい姿をお見せしたことをどうかお赦しください。そして、これを最後にどうか僕のことはきっぱりと忘れてください。

愛する橙子さん。たとえほんのいっときでも、あなたに心を癒されたこと、感謝の念に堪えません。

どうかお幸せに、そしてすこやかにお過ごしください。

平成二十年十月二十二日

楡　治重

書簡――橙子より治重へ

治重様

郵便受けにふたたびあなたからのぶ厚い封書を見つけ、天にも昇るほどの幸福に包まれたのはいったいなんだったのでございましょうか。

わたくしの心はいまにも悲しみで張り裂けそうでございます。

喜びに打ち震える手で読み進めましたあなたのお手紙に、まさかあのような辛辣な言葉が並べられておりましたとは……。あまりといえばあんまりな仰りように、わたくしはただ呆然とするしかございませんでした。

治重お義兄様。わたくしはなぜこんな目に遭わなければならないのでしょうか。なぜあれほどまで厳しい追及を受け、最愛の人から絶縁されなければならないのでしょうか。

わたくしがどれほど手を尽くしたとしても、わたくしの夫が大賀庸平だった事実、そしてわたくしがいまなお庸平の妻だという事実を変えることはできません。それは法律で決められていることで、法律家であるあなたが誰よりもご存じのはずでございます。あなたはわたくしに、いったいどうしろと仰るのでしょうか。

真犯人は庸平であることを知りながら、わたくしが妻として女として夫を庇い続けてきた――。もしあなたが本気でそうお疑いだとしたら、それはとんでもない誤解でございます。

たとえあなたがわたくしの恋人ではなかったとしても、無実の人間が自分の夫の代わりに獄中につながれている――。それを平然と見過ごすほど、わたくしは性悪な女ではございません。

これを最後にどうか僕のことはきっぱりと忘れてください。

これはあなたの本心なのでしょうか。

あなたのお言葉であれば、どんな結論であろうと黙って従うしかない――。固く心に決めていたわたくしでございますが、ことここに至っては、どうあってもこのまま引き下がるわけにはまいりません。

どうやら僕たちも、きれいごとではなく本音で話し合うべきときが来たようです。

あなたのお言葉のとおり、わたくしもまた、本音であなたとお話をするべきときを迎えたようでございます。

どうか冷静にお聞き届けくださいませ。

わたくしがこれから申し上げることは、本当なら生涯誰にも話さず、墓場まで持って行くつもりでいたものでございます。

わたくしにとりましても楡家にとりましても、不名誉きわまりない事実。それをいまここで打ち明ける決意をいたしましたのも、わたくしの中に一つでも秘密があるかぎり、どう弁明をしようと、あなたから百パーセントの信頼は得られないことを悟ったからにほかなりません。

あなたがどれほど僕を想ってくださったにせよ、あなたの夫は大賀庸平さんでした。そしてその厳然たる事実は、あれから四十年以上経ったいまなお、微動だにすることがありません。なぜなら、あなたはいまだに妻として女として、——この僕に対してすら——庸平さんを庇い続けていらっしゃるからです。

あなたは、それでも僕を楡邸に迎え入れるおつもりだったのですか。

真犯人が誰であるかを知っていながら——しかもその事実を秘匿し、僕を地獄に突き落としたその男の妻であり続けながら——、一つ屋根の下で僕と暮らすおつもりだったのですか。

この手紙を最後までお読みいただければ、いくらあなたが冷徹な方でも、わたくしに向かってこのような暴言を吐くことはおできにならないはずでございます。

釈明の機会も与えられずに別れを告げられることが、女にとってどれほどつらいものか……。何も仰ることなく、最後まで目を通していただくだけでかまいません。わたくしはあなたに真実を知っていただきたいのです。

その結果、あなたとのご縁が永久に絶たれることになったとしましても、それは運命というものでございましょう。罪の告白には勇気がいりますが、真実から逃げ続ける苦しみに比べれば、まだしも耐えられる気がいたします。

愛する治重お義兄様。どうか、驚かないでくださいませ。

我が夫大賀庸平を殺したのはこのわたくしでございます。

むろん、わたくしが殺したと申しましても、わたくしが直接階段の上から突き落としたわけではございません。

いくら庸平が小柄でも、女のわたくしが力で太刀打ちできるはずもなく、事実、庸平が転落したと思われますその時間帯、わたくしは自宅で、夜食の用意をしながら夫の帰りを待っていたのでございます。

どんな遠隔操作によっても、五キロも離れた場所から、夫の背中を押すことが不可能なことは明白でございましょう。

とはいいますものの、これをたんなる比喩的表現だと申しましたら、それもまた嘘になります。なぜといって、庸平は間違いなく、妻であるわたくしの手にかかって亡くなったのでございますから。

夫殺し――。いま思い出しましても、緊張と興奮に胸の震えを覚えずにはいられません。あのときのわたくしは間違いなく夜叉《やしゃ》でございました。

では、わたくしはなぜ、そしてどのように夫を死にいたらしめたのか。

肝心のそのお話に入る前に、けれどもまずは、今回あなたが唱えられた庸平・佐倉さん・スミエさんによる複数共犯説について、わたくしの考えを述べさせていただきたいと存じます。

あなたが展開された推理は、その大胆さとシンプルさで、まさに度肝を抜くものでございました。

もしあなたの仮説が正しいとすれば、当然のことながら、話は根底から変わってまいります。澤子お姉様とわたくしの確執も、澤子お姉様と千華子お義姉様のライバル関係も、そしてあなたと澤子お姉様の夫婦関係も、結局、事件とはなんの関わりもなかったわけでございますね。代わりに浮かび上がってくるものは、庸平と佐倉さんとスミエさん。名実ともに楡家の人間ではない三人のどす黒い怨念――。

そうであってみれば、あの事件のあと、わたくしたち夫婦の間で起きたことのすべても、いま一度ゼロから検証してみる必要がございましょう。

そして、それはなにより――結果論とは申せ――わたくしの行動が決して間違ってはいなかったことを、強力に証明してくれるものと思われるのでございます。

澤子お姉様犯人説は、そもそも仮説として存在する余地がなかったというあなたのご説明は、わたくしにとって、たんなる驚き以上の衝撃がございました。安心して踏みしめていた大地が突然揺らぎ始めたとでも申しましょうか。

　考えてもくださいませ。あなたならお分かりのはずです。

あのときのメンバーの中で、あなたを殺人犯に仕立てるという究極の悪意を秘めた犯人として、澤子お姉様以上にピッタリくる候補者がおりますでしょうか。そして、殺人という大罪を敢行する犯人として、澤子お姉様以上に度胸と行動力を兼ね備えた候補者がおりますでしょうか。

　わたくしは決して非難しているのではございません。むしろ澤子お姉様を評価していればこそ、その存在を懼れていたといったらいいでしょうか。

　澤子お姉様犯人説は、少なくともあの時点では、わたくしが到達した渾身の結論だったのでございます。

　けれども、分からないものでございますね。

　今回のあなたのお手紙は、その澤子お姉様犯人説を木っ端みじんにしただけではありません。あなたがあらたに提唱された三人組共犯説は、長年の思い込みに囚われ、厚い雲に覆われていたわたくしの頭を、一瞬にして目覚めさせたのでございます。

　かぎられた容疑者の中では、犯人の数が増えれば増えるほど犯行は容易になる――。仰るとおりでございます。ということは、わたくしもあなた同様、知らず知らずのうちに推理小説に毒されていたのかもしれません。

　複数の共犯者――それも意外な取り合わせによる共犯者――の存在は、わたくしにとりまして、まさに盲点だったと申せましょう。

共犯者はふたりまでにかぎる。そんなルールはどこにも存在しません。庸平さんと佐倉のふたりだけでは犯行が不可能だというなら、犯行を可能にするもうひとりの共犯者を見つければいいのです。

なんと明快な論理でございましょうか。

佐倉さんはスミエさんの実の息子だった——。いわれてみれば腑に落ちることばかりで、疑う余地はないと思われます。ふたりの面差しがどことなく似ていますのも、親子であればなんのふしぎもありません。

まだ若かったころのスミエさんが、たまの休日にも遊ぶでもなければ着飾るでもなく、ひたすら倹約に励んでいたらしいこと。そして、いくつもあった再婚話にまるで耳を貸さず、楡家を離れようとはしなかったという話も、息子の養育費を送金していたのであれば、むべなるかな。どれほど遠く離れていても、母親の愛情はそれだけ強いものなのでございましょう。

スミエさんは、人生のほとんどすべてを楡家で過ごしたといっても過言ではありませんが、晩年に体調を崩し、二年ほどの入院生活ののち、七十八歳で他界されました。直接の死因は誤嚥《ごえん》性肺炎だったと聞いております。

その入院や葬儀の事務手続きは、当然のように佐倉さんがなさいましたので、よほどスミエさんに感謝しているのだなと、わたくしなどは感心していたのですが……。いま思えば、なんのことはない、ごくあたりまえの親子の情愛だったのでございますね。

それにしましても、わたくしが生まれたときから身近にいて、ある意味、実の母親以上に信頼してきた婆やが、楡家の人間に殺意を抱いていましたとは――。怒りを通り越して、悲しみが押し寄せてまいります。

そんなこととは露知らず、あの事件以来、お母様もわたくしもますます婆やを頼りにしていたのですから、知らぬが仏とはこのことでございましょう。

佐倉さんは、あなたもご存じのとおり、兵藤さんとはまた違った意味で抜け目のない人でございます。その佐倉さんとスミエさんが手を組めば、まさしく鬼に金棒で、世間知らずのわたくしたちを手玉に取ることなど、なんの造作もなかったに相違ありません。

そして、スミエさんとの親子関係を伏せたまま、こんどは同じ使用人出身の庸平に声を掛ける――。表向きは不仲を装いながら、裏でひそかに協力し合ったあざやかな手際は、おみごとの一語しかございません。

ただ、それはそれとして、あなたの仰るとおりでございます。庸平が、心底から佐倉さんと意気投合していたとは思われません。

佐倉さんに比べれば、庸平はよくも悪くも赤子のようなものでございましょう。卑屈で小心。悪知恵を働かす才覚もなければ、隠すべき裏もありません。

あのふたりが最終的に決裂しましたのも、世間に対するカムフラージュというよりは、性格の違い、考え方の違いがしだいにごまかしきれなくなったのではないか。わたくしはそう睨んでおります。

さて、わたくしはなぜ、そしてどのように夫を死に至らしめたのか――。いよいよ、あなたに告白をするときが来たようでございます。

自分が犯した罪について語るとき、真っ先にお話しすべきことは、おそらくその理由――すなわち犯行の動機ということになりましょうか。

けれども、わたくしが夫を殺した理由を考えますとき、さて、それが怒りだったのか、絶望だったのか、それとも何かそれ以外の衝動だったのか……。率直にいって、自分でもよく分からないというのが本当のところでございます。

あなたが逮捕されたと聞いたとき、なんとかあなたを助けられないものかと相談したわたくしに、庸平から返ってきた言葉はひどくすげないものでございました。

「きみだって、僕らの立場が微妙なことくらい分かりそうなものじゃないか」

あの人にはめずらしく、上から目線で口を尖らせたものでございます。

「僕らは、被害者と加害者両方の親族だからね。どっちに肩入れしても叩かれるに決まっている。ここは黙って見守るしかないね」

何をいっても、まるで動く気配がありません。

庸平にしてみれば、何をとち狂ったか、無実のあなたが自分から罪を被ってくれたのでございます。真犯人としてこれほどラッキーなことはないでしょう。ここでガタガタ騒いでやぶ蛇になっては、元も子もございません。

静観の姿勢を貫くのも当然といえましょうが、当時のわたくしはそんな事情を知る由もございません。情けなさと悔しさで、夫の顔を見るのも嫌になったのでございます。

それでなくても、わたくしが庸平との結婚を承諾しましたのは、生涯、治重お義兄様のそばを離れたくない——。その一心からだったことは、前にも申し上げたとおりでございます。

その治重お義兄様がはるか遠くに行ってしまわれたいま、自分はなんでこんな男と暮らさなければならないのか——。夫への怒りは、不毛な結婚生活への絶望と相まって、しだいに自分でも制御不能なほどに高まっていった気がいたします。

そんな怒りと絶望がいつしか殺意へと姿を変え、わたくしの中で夫殺しのアイデアが具体的な形をとり始めたのは、あなたの裁判が終わって間もなくのころだったでしょうか。

もちろん、具体的な形と申しましても、そこはなにぶんにも素人のことでございます。安全確実な殺害方法が簡単に思い浮かぶはずもありません。

試行錯誤の末、わたくしが最終的に実行しましたのは、庸平が当時服用していた漢方薬を利用する方法で、安全かどうかはともかく、確実とは到底いえないやり方でございました。それでもちゃんと目的は果たしたのですから、結果オーライというべきで、これはもう、神に感謝するしかございませんでしょう。

それといいますのも、なぜこの殺害方法を選んだのかと申しますと、わたくしの知人に漢方薬の専門家がおりまして、その方からいろいろとお話を伺ったのでございますが、お薬というものは、効果がある以上はかならず副作用がある。そして、それは漢方薬も例外ではないとお聞きしたからなのでございます。

漢方薬というものは、お薬だけではなく食品に含まれていることもあり、また一つのお薬の中にも数種類の生薬が混ざっているため、個々の生薬の正確な摂取量を量ることはむずかしいとされております。

なかでも甘草《かんぞう》は、その名が示すとおりの甘い薬草で、漢方処方の七割以上に含まれる代表的な生薬の一つだそうですが、消炎・鎮痛などによく効く分、副作用も大きいらしく、継続して服用しますと、手足のしびれやこわばりに始まり、脱力による転倒事故のおそれがあるそうでございます。

それだけでも充分に危険だと申せますが、問題は、ふつうの病院で処方される西洋医学の薬品の中にも、実は甘草と同じく――というより、むしろそれ以上に――脱力や筋力低下、歩行困難といった副作用を引き起こすものがあることなのですね。

実際、複数のお薬の飲み合わせで効き目が強くなり過ぎ、重篤な症状が発生する事例も少なからず存在すると聞いております。

だとすれば……。期待するなという方が無理でございましょう。

どの家庭でも同じだと存じますが、庸平のお薬を管理しているのはわたくしでございました。

そして男というものは、妻が差し出したものなら、食べ物であれ薬であれ、疑いもせずに口に入れると決まっております。

だいたいお薬の外見はどれも似たり寄ったりですし、製薬会社が変われば、名称も形状も違ってまいります。そこでひそかに選んだ複数の薬品を取り混ぜ、継続的に庸平に与えれば、全身の筋力が低下していつか大事故が起きることは大いに考えられるのではないでしょうか。

むろん、そうはいいましても、それだけではあまりにも漠然とした期待に過ぎません。いってみれば、いつ出るか分からない大穴を狙って、漫然と馬券を買い続けるようなものでございましょう。

けれども、実を申せば、わたくしにはもう一つ秘策があったのでございます。

当時、庸平が重度のノイローゼ状態にあったことは前にもお話しいたしましたが、元来が陰気なところに持ってきて、気分の落ち込みがひどく、夜中に突然独り言をいったり、眠りながらうなされていることもしばしばでございました。

当然、本人にも自覚はありましたようで、いま思えば、庸平は図らずも佐倉の企みに加担したものの、澤子お姉様と芳雄を殺した良心の呵責に耐えかねていたのでございますね。

市立病院の精神科で、いまでいうところの抗うつ薬を処方していただき、こっそり服用しておりましたことは、庸平とわたくしだけの秘密になっておりました。

他人様の生命や財産を預かる弁護士にとりまして、精神疾患の噂は命取りになりかねません。庸平の病状が公になることはありませんでしたが、抗うつ薬の副作用で、ときおり激しいめまいや吐き気に襲われるようになりましたのが、庸平にとっては誤算だったと思われます。

あなたもご存じのように、楡法務税務事務所が入居していた榎木坂ビルは四階建ての古い建物で、エレベーターがございませんでした。

二階にある事務所から階下に下りる階段は、勾配が急なうえに段板の踏み面が狭く、わたくしもときどき怖い思いをしたものでございます。

どこかに摑まろうにも、なにしろ手すりがありません。ひとたび足を踏みはずせば、真っ逆さまにコンクリートの床まで転げ落ちることは必至で、ただでさえ危険なところに、めまいや吐き気が加わったらどうなりますことか……。

とはいえ、急いては事を仕損じると申します。

なにしろ、楡家はあれだけの事件を起こしたばかりでございます。万が一にも、警察に疑われる事態は避ける必要がありました。妻のわたくしに疑惑が生じれば、遺体の解剖に始まって、何をどこまで調べられるか分かったものではございません。

自宅にも階段はございますが、あくまでも事務所ビルでの事故にこだわりましたのも、慎重なうえにも慎重を期したからにほかなりません。

それでも、事故はなかなか起きてくれそうにありません。

あなたの裁判が終わってから早くも七ヵ月が過ぎ、さすがのわたくしも焦りを覚え始めたそのとき、ついにチャンスは訪れました。庸平が風邪をひいたのでございます。

風邪薬というものは、お医者様にかからずとも簡単に市販品が買えるのでございますが、たかが売薬とバカにはできません。その多くが総合感冒薬で、一つの薬の中に発熱や咳、鼻づまりなど種々の症状に対応する数種類の成分が配合されているせいで、びっくりするほど副作用が多いことはご存じでしたでしょうか。

そのいろいろある副作用の中に、眠気やめまいが含まれているのでございますが、このときばかりは、その副作用に助けられたといってよろしいでしょう。

忘れもいたしません。あの晩、午後九時過ぎ、わたくしは自宅から、事務所にいる庸平に電話を掛けたのでございます。

むろん事務員はとっくに帰っている時間で、電話をとった庸平は、

「なんだ、橙子か。どうしたんだ」

相手がわたくしだと分かったとたん、疲れきった声を出しました。

「あなた、風邪の具合はいかがなの」

わたくしの問い掛けにも、

「まだ喉が痛くてね。それに薬のせいか、眠くてかなわない」

いつにも増して元気がありません。

「今日はもうお帰りになったら」

「そうしたいけど、まだ仕事が片づかないんだ」

「あとどれくらいかかりますの」

「まぁ、一時間か二時間かな」

そんなやり取りのあと、わたくしは本題に入りました。

「実はいま、島原の伯母様から電話があったんですけど」

ぎこちなくならないよう、慎重に言葉を選びます。

「急な用件で、明日ウチにいらっしゃるというものだから、困っちゃって……。だって、いただいた鉢植えがなかったらまずいでしょ。申しわけないけれど、お帰りになるとき、あの洋ランを持ち帰ってくださらないかしら」

わたくしのこんな依頼に、庸平が嫌といえるわけがございません。

島原の伯母様は、あなたもご承知のように、亡くなったお父様のいちばん上の姉でございます。嫁ぎ先の島原家は素封家で、ご主人はかつて代議士も務められた方でしたから、一族の者から一目も二目も置かれる存在でございました。

その伯母様がわたくしにくださった洋ランの鉢植えを、あんまりみごとだというので、事務所に飾ることにしたのがちょうど一ヵ月前のこと。

平成のいまでこそ、洋ランはめずらしくもありませんが、昭和四十三年当時はたいへんな高級品で、ものによっては、鉢植え一つがサラリーマンの年収に匹敵するといわれたほどでございます。

島原の伯母様がわざわざ足をお運びになるというのに、貴重な頂戴ものの鉢植えが家にない――。それでは申しわけが立ちません。

「うーん、弱ったな」

面倒くさそうな声をだした庸平に、

「あの伯母様の機嫌を損ねると厄介ですから……。荷物になりますけれど、どうかタクシーでお帰りになってくださいな」

わたくしはダメ押しをしました。

伯母様の急のお出ましは真っ赤な嘘とは申せ、洋ランをいただいたことは本当でございます。さほど大きくないとはいえ、あの鉢植えを両手で抱えて階段を下りるのは、ただでさえ歩行のおぼつかない庸平には容易なことではございますまい。

「分かった。持って帰るよ」

庸平の返事は、聞くまでもなく分かっておりました。

決め手となったのは、筋力の低下でしたのか、めまいでしたのか、はたまた、鉢植えが邪魔をして足元が見えなかったものですか——。

庸平が階段を踏みはずしてあえない最期を遂げましたのは、その二時間後のことでございました。

いかがでございましょうか。

夫殺し——。これが楡橙子という女の嘘いつわりのない姿でございます。

あなたはこれでも、このわたくしが、愛するあなたではなく、夫の庸平を守ったのだと非難なさるおつもりでしょうか。そしてわたくしが、いまだに妻として女として、庸平を庇い続けていると仰るおつもりでしょうか。

こんどばかりは、さすがのあなたも、わたくしの言葉を疑うことはおできにならないはずでございます。

けれども、治重お義兄様。どうか誤解なさらないでくださいませ。どれほど絶望しようとも、わたくしは少しもあなたを恨んではおりません。

あなたがわたくしの申し出をお断りになり、楡邸に住むことを拒絶されたことは、返す返すも残念ではございますが、ほかならぬあなたご自身が決断されたのでございます。愚痴をいってなんになりましょう。

あなたと一つ屋根の下で暮らすこと――。思えば、儚《はかな》い夢でございました。

それでも、たとえいっときであれ夢を見られたのでございます。世捨て人同然の身には、望外の幸せだったと思っております。

いつまで生き永らえるものか分かりませんが、わたくしはこれからもこの楡邸で、犯した罪を胸にひっそりと過ごすつもりでございます。

もし叶うのであれば……。いえ、もう未練は棄てることにいたしましょう。

どうかあなたに、天のご加護がありますように。

そして、あなたの残りの人生が健康で実り多いものであることを、陰ながらお祈りいたしております。

さようなら。

平成二十年十月二十六日

楡　橙子

書簡——治重より橙子へ

橙子様

もう二度とこの名前を紙に記すことはない——。言葉にならない感慨を込めて最後の書簡に封をしてから、まだ二週間も経っていないというのに、ふたたびあなたへの手紙をしたためている自分がいます。

率直に申し上げましょう。あなたからの返信はあまりにも衝撃的で、そしてまたこのうえもなく興味深いものでした。

それからというもの、僕はほとんど眠る間もなくそのことばかり考え続けています。あなたの告白は、それほどまでに僕の心と頭をかき乱したのです。

橙子さん。あなたは昔から度胸のある人でした。

夫殺し——。この長い年月、数多くの殺人者たちとともに過ごしてきた僕ですら、その響きが持つ禍々《まがまが》しさには身震いを禁じ得ません。

まさか、あなたがそんなことをするはずがない……。祈るような思いを、でもあなたならやりかねないのではないか、より深い確信が凌駕しています。

けれども何よりも僕が驚かされたのは、その夫殺しをあえて告白するあなたの勇気と決断でした。

これは僕自身が経験したからこそいえるのですが、殺人犯になるということは、ただたんに殺人者の烙印を押されるだけではありません。それまでの自分や、自分を取り巻く世界と否応なく決別させられることでもあります。

なぜなら、人々にとって殺人犯はふつうの人間ではない異人種であり、人殺しというレッテルを貼られた野獣に過ぎないからです。

仮にも僕があなたを告発するようなことがあれば、あなたが受ける痛手はとてつもなく大きいものになる——。それでも、あなたは迷うことなくあの打ち明け話をされたのです。あなたにとって、僕への愛の証しはそんなにも価値あるものだったのですね。

もちろん、あなたが本当に殺人者なのかどうかは異論がないわけではありません。

早い話が、夫の転落死を誘うために、あなたが庸平さんに仕掛けたとされる策略の数々——。涙ぐましいほどの工夫と努力といえますが、それらがはたして殺人の実行行為に当たるかと問われれば、疑問なしとはしないところです。

筋力が衰えたり、眠気を覚えたり、めまいに襲われたからといって、人はかならずしも階段から転げ落ちるとはかぎりません。むしろそういった症状があることで、かえって動作が慎重になることもあるでしょう。

　現実的な有形力の行使——たとえば階段の上から突き落とす行為と比べれば、その違いには歴然たるものがあることがお分かりだと思います。

　洋ランの鉢植えにしても同様です。大きな荷物を抱えて急な階段を下りる行為は、確かに危険を伴いますが、だからといって、それが転落事故に直結するものではありません。ましてや、打ちどころが悪くて即死する確率は相当に低いと考えられます。

　法律用語でいうと、これは相当因果関係と呼ばれる問題で、その考え方によれば、あなたは天下の悪妻として集中砲火を浴びることはあっても、犯罪者として処罰される心配はほとんどないことになります。

　そしてもっと重要なことは、仮に庸平さんの死が計画的な殺人だったとしても、この事件はとっくの昔に公訴時効が成立しているという事実でしょう。

　前にもお話ししたように、当時は殺人罪の公訴時効期間が十五年と定められていました。つまり、現時点であなたが罪に問われる可能性は百パーセントないわけで、聡明なあなたのことです。そのあたりの知識も、実は充分に持っておられたのではないでしょうか。

　誤解をしてほしくないのですが、僕にはあなたを糾弾する意図はまったくありません。それどころか、あなたの強さ、そしてその行動力には、畏敬の念さえ抱いているのが正直なところです。

　あなたが庸平さんとの結婚に踏み切ったのは、ひとえに僕のそばを離れたくない、その一心からだったこと。そして、不毛な結婚生活への絶望がしだいに自分でも制御不能なほどに高まっていったこと——。

あなたの秘密を知ったいま、僕は心の底からあなたの愛を信じることができます。この言葉に嘘はありません。

そうはいいながらも、橙子さん。実をいえば、あなたの告白には首をかしげる部分がないとはいいきれない。それもまた紛れもない事実なのです。

人がここまで腹を括ったからには、その言葉に嘘偽りはないだろう。誰でもふつうはそう考えます。現に、僕もそう思いました。ただし一点だけ、あなたが庸平さんを殺害した本当の理由——すなわち犯行の動機についての説明を除いては……。

僕が服役してしまった以上、庸平さんの存在は、あなたにとって無益なものでしかありません。無益なものにこだわってもしかたがない。さっさと切り捨てるのがいちばんだ——。そこまでは僕にも理解できます。

けれど、あのときのあなたには、離婚というきわめて簡便かつ合法的な選択肢がありました。危険を冒してまで殺人に手を染める必要はどこにもないのです。

なぜなら、あなたと庸平さんを結びつけた伊一郎氏はすでにこの世にいないからで、もはやあなたの頭を押さえつける人は存在しません。庸平さんと離婚をするのに、誰に遠慮がいるでしょうか。

にもかかわらず、あなたは庸平さんを殺害する決意をされた。

それでは、あなたはなぜ庸平さんを殺さなければならなかったのでしょうか。そこには、あなたが僕に語っていない何か別の事情があったとしか考えられません。

この数日間、僕はずっとこの問題を考え続けてきました。そしていま、僕はようやく最終的な答えに到達した気がしています。

僕たちふたりにとって、それは決して喜ばしい結論ではないとしても、だからといって真実から目をそらすことはできません。

僕はいまから、この大いなる謎について、自分なりの考えをまとめてみようと思います。

そもそも、人は他人に対してどんなときに殺意を抱くのでしょうか。僕の考察はそこから始まりました。

色と欲。たいがいの犯罪には、少なくともそのどちらかが絡んでいるのですが、殺人はその典型ともいえるものです。庸平さんの事件も、あなたが夫殺しを敢行したその根っこの部分で、男女間の愛憎が少なからざる比重を占めていたことは疑いがないでしょう。

とはいうものの、現実の事件の殺害動機は実にさまざまです。

たとえば、怒りや怨恨や嫉妬といった分かりやすい動機以外にも、推理小説でお馴染みの社会的制裁を目的とする殺人もあれば、強請《ゆすり》や脅迫から逃れるための自衛的殺人もあります。

また、思想信条に基づくテロは別にしても、ただたんにむしゃくしゃしていたから、あるいは派手なことをして注目を浴びたかったなど、身勝手きわまりない動機もニュースなどでしばしば見られるところです。

しかし、ここで疑問が生じるのはほかでもありません。あなたと庸平さんの場合、いま挙げた類型的な動機が、どれもいまいちピンと来ないことなのですね。

庸平さんが妻であるあなたを裏切ったり、ないがしろにしていたとは思えません。彼はまじめな人間です。女遊びやギャンブルはおろか、夫婦げんかをすることもめったになかったのではないでしょうか。

そして、彼が僕たちの関係に気づいていたとは思えないことは、前にも申し上げたとおりです。そうでなかったら、いくら彼が楽天的な性質だったとしても、あなたが差し出した薬を疑いもせず口に入れたりはしないでしょう。

では、ほかにどんな動機が考えられるでしょうか。

そこで思い出されるのが、現実の世界でも映画や小説の中でもしばしば登場する、もう一つの類型的な殺人――。そう、犯罪者同士による口封じのための殺人ということになります。目的を達するまでは力を合わせるものの、成功したとたんにけんかを始めるのは彼らの習性ともいえるもので、少しもめずらしいことではありません。

そうでなくても、犯罪とは厄介なものです。成功しさえすれば、めでたしめでたしとはいきません。無事に官憲の手を逃れるという、より困難な課題が残っているからです。ドジな仲間のせいで自分まで捕まるのは、誰だってまっぴらでしょう。危険な芽は早く摘むにかぎります。

そうなったら、すでに一度は悪事に手を染めた身です。昨日の友は今日の敵。なまじ互いに相手をよく知るだけに、仲間同士の殺し合いに発展しても、なんのふしぎもありません。

あなたの場合もそれと同じで、庸平さんを自分の計画に協力させ、首尾よく目的を達したまではいいが、なんらかの問題が生じ、彼を消さざるを得なかったのではないか。そしてそうであれば、あなたが敢行したその計画とは、あの四十二年前の楡家での殺人以外にないのではないか——。僕はそう考えるに至ったのです。

そんな突拍子もない話をされても困る。どこに証拠があるというのか——。非難を浴びることは覚悟のうえです。それでも僕には、自分の考えは間違っていないという確信があります。

決め手となったものはやはり、あなたが庸平さんを殺害したという厳然たる事実でした。たんなる怒りや絶望で夫を殺すほど、あなたは短絡的な女性ではありません。そのあなたが夫殺しを決行したのであれば、そこには、どうしてもそうせざるを得ない切実な事情があったに違いないのです。

もしかするとあなたにとって、庸平さんは対等な共犯者というより、自分の野望を実現させるための道具だったのではないか。そして、庸平さんを使ってあの事件を引き起こしたあなたは、用済みになったところで彼の口を封じたのではないか。

それは怖ろしくも由々しき想像でした。

けれど、考えれば考えるほど、あなたの手の内が読めてくる気がしたこともまた事実です。こんなことを平然と決行できる人間は、世の中広しといえども、橙子さん。あなた以外にはいないでしょう。

あなたによる、あなたのための、あなたならではの犯罪。あなたがあの楡家殺人事件の犯人であったなら、あらゆることが矛盾なく説明できるのです。

あなたこそが真犯人――。異論はおありと思いますが、まずは僕の考えを述べさせてください。最後には、きっとあなたも納得されるはずです。

もっとも、あなたと庸平さんが共謀して澤子と芳雄を毒殺したのだとしても、それを論理的に説明するのはそう簡単ではありません。そこには飛び越えるべき二つの高いハードルがあります。

まず一つめは、あなた方はどうやって、僕の上着のポケットにひと口チョコの包み紙の切れ端を忍び込ませたのか。そして二つめは、僕を深く愛してくれていたはずのあなたが、どうして僕を窮地に陥れるような行為におよんだのか。

これは冗談やイタズラですまされる話ではありません。僕は危うく妻子殺害のかどで死刑になるところだったのです。あなたも相当の覚悟のもとに勝負をかけたものと思われます。

そこで考えるに、まず一つめのハードルについていえば、あなたも庸平さんも、誰の目にも触れずに、僕の上着のポケットに手を突っ込むことは不可能でした。

これはすでに申し上げているとおりで、誰が犯人であっても、この問題が事件解決の最大のネックであることは異論がないところでしょう。

やはり、庸平さん・佐倉・スミエさんの三人共犯説しかないのか。

ほとんど挫折しかけていた僕にひと筋の光明が見えたのは、仮にあなたが庸平さんを利用したとすると、いったいあなたは彼に何をさせたのだろうか。つらつらと思いをめぐらしていたときのことでした。

主犯格の人間にとって、共犯者がいることのメリットは、たんに物理的戦力の増強だけではありません。

見張りをさせたり、相互にアリバイ証明をしたりと、それこそ使い道はさまざまでしょうが、本来ならひと続きの行為を、ふたりの人間がべつべつに遂行することにより、たがいにまったく無関係な行為であるように見せかける。そんな手口もあり得るのではないか。僕はふと、その点に思い至ったのです。

そこで脳裏に浮かんだのは、あの日あの場所には、「僕の上着のポケット」に「手を突っ込んだ」人物こそいなかったものの、「僕の上着」に「手を触れた」人物、そして「自分の上着のポケット」に「手を突っ込んだ」人物ならいなかったわけではない――という事実でした。

時間差を利用して、ふたりで一つのことをやり遂げる。それこそがこの事件の盲点だったのではないか。そこに気づいたとき、僕はすべてを理解したのです。

では、二つめのハードルについてはどうでしょうか。

これもまた難問ではありますが、現実に庸平さんが殺されている以上、少なくともあなたの愛が彼に向けられていなかったことは信じてもいいと思われます。

となると、一方ではこの僕を卑劣な妻子殺害犯人に仕立て上げながら、他方では用ずみになった夫をさっさと始末する――。あなたの一見矛盾する行動が意味するものはなんなのでしょうか。

頭を抱えていては立往生するだけです。

こうなったら、当時の記憶をできるかぎり呼び覚まし、このたびの僕たちのやり取りをじっくり検討するしかありません。きっとどこかに、謎を解くヒントが隠れているはずです。

そして、考えあぐねていた僕にまたしても光明が差したのは、あなたから送られた手紙の中にこんな記載があったからでした。

> そんな中で、誰よりも理性的で誰よりも忍耐強いあなたが、どうして澤子お姉様を殺したりするでしょうか。わたくしがあなたの無実を知っていたというのは、つまりはそういうことだったのでございます。
> ですから、治重お義兄様。あなたが逮捕されたあと、わたくしをいちばん苦しめたものは、あなたへの疑惑ではございません。
> あなたはなぜ、このわたくしに黙って自首してしまわれたのか。そしてなぜ、わたくしの呼びかけをかたくなに無視し、わたくしと面会してはくださらないのか——。何度問い直しても決して答えの出ないこの疑問こそが、わたくしを底なしの泥沼に沈めた元凶でございました。

あなたはこう述べて、無実の僕が自首したことを嘆いています。

しかし、あなたの言葉をよく吟味すれば、当時のあなたを苦しめていたものは、僕が収監された事実そのものではなく、僕があなたに黙って自首をしたという事実、そしてその後、僕と折衝する機会が得られなかった事実にあったことが分かります。

つまり、あなたは何事か僕に話したいことがあり、その話し合いが可能であったなら、僕が無実の罪で刑に服することもなかったと考えていたのではないでしょうか。

そう思って振り返れば、あなたは同じ十月十五日付の最初の書簡で、澤子犯人説を強く主張されていました。

澤子お姉様が犯人であるなら、コーヒーカップの一つにこっそり傷をつけることも、そのカップに毒を仕込むことも、毒入りカップが自分に配られるようスミエさんに指示することも、何もかもがいとも容易でした。

しかも、それだけではございません。あなたの喪服の上着のポケットに、それとは知られずに毒入りチョコレートの包み紙の切れ端を忍び込ませる――。実行不可能かと思われたこの偽装工作も、犯人が澤子お姉様となれば話は違ってまいります。

なにしろ、当の本人が喪服の用意をしたのでございます。細工を施すのに、なんの造作がありましょうか。あなたが喪服に袖を通したとき、あの銀紙はすでにポケットに入っていたに相違ございません。

必死になってあなたの上着に近づいた人物を探したのは、まったくのムダ骨だったと申せましょう。

これらの言葉がすべてを物語っています。

あなたの中では、本当は事件発生の当初から、澤子犯人説の筋書きがしっかりでき上がっていたのではないか。そしてだからこそ、あなたは僕の自首を事前にくい止めたかったのではないか――。僕はそう考えるに至ったのです。

ここまでいえば、あなたももうお分かりのはずです。僕はようやく、この一連の出来事の全貌を摑むことに成功したのです。それは実に興味深いストーリーでした。

では、橙子さん。僕が辿り着いた事件の真相を、いまから順を追ってお話しすることにしましょう。

諸悪の根源は僕たちが愛し合ってしまったことにある。あえて偽悪的な表現を用いればこうなるでしょうか。

家族全員の生殺与奪の権を握っていた伊一郎氏の死は、僕たちの関係にも影響をおよぼさずにはいませんでした。絶対的権力者の不在は、それまで一定の均衡を保っていたパワーバランスが崩れることを意味します。

なんの心づもりもないまま、突然家長の座に据えられた僕は、その重責を果たすことに気を取られるあまり、あなたの心の微妙な変化を見過ごしていたのかもしれません。

むろん、僕は僕なりに最善の道を選んだつもりでした。

僕たちがそれぞれ別な相手と結婚している現実を変えられない以上、現状のままひそやかに――しかし断固として――ふたりの関係を続けるしかない。話し合いの末にふたりで出した結論は、けれどあなたにとっては欺瞞以外の何ものでもなかったのでしょう。

そうとなれば、手をこまねいているあなたではありません。誰に邪魔されることもなく、晴れて僕と結ばれるにはどうしたらよいか。あなたは僕にも真意を打ち明けることなく、ひそかに計画を練ったのです。

決心さえつけば、殺害方法に迷いはありません。

亜ヒ酸――すなわちヒ素を使っての毒殺で、ターゲットは澤子と芳雄のふたり。当時はシロアリ駆除剤の使い残りが物置に保管されていましたから、楡家の人間なら誰でもたやすくヒ素を手に入れることができました。

客人を招いたティータイムの席上で、もしコーヒーカップの一つに目立たない傷があったとしたら、澤子はどうするか。

たがいに主婦であるからには、そして澤子の性格を熟知しているからには、あなたは彼女の行動を容易に予測できたはずです。それを利用しない手はありません。

楡家の娘であるあなたなら、邸内のどこにでも堂々と出入りすることができます。ひそかにコーヒーカップに傷をつけておくことも、隙をみて問題のカップに亜ヒ酸を仕込むことも、亜ヒ酸を仕込んだひと口チョコをこっそり芳雄に与えることも、自由自在だったことでしょう。

むしろ問題は、あなたにとってこの犯行があまりにも容易であるために、そのままでは自分に嫌疑がかかる可能性が大だということでした。

たとえ決定的な証拠を掴まれなくても、容疑者になることは避けないといけません。確実に安全地帯にいるためには、誰が見ても犯行が不可能だったといえる演出が必要で、その結果が庸平さんの出番になったのだと、僕は考えています。

そしてその演出こそが、僕をさんざん苦しめたあの不可解きわまりない事実——芳雄の命を奪った毒入りチョコの包み紙の切れ端が、なんと僕の喪服の上着のポケットから出現するという怪奇現象だったことは、指摘するまでもないでしょう。

本来ならひと続きの行為をふたりの人間がべつべつに遂行することにより、たがいにまったく無関係な行為であるように見せかける——。さきほども述べたように、あの日、あの場所でのあなた方の行動を思い起こせば、もつれた紐がするするとほどけていくのが分かります。

あの日は故伊一郎氏の法要が営まれたので、僕たち男性陣は、小学生の芳雄を除き全員が喪服を着用していました。ということは、当然ながら誰の上着も黒一色だったわけで、ちょっと見ただけでは見分けがつきません。

そしてあの暑さです。そこにホットコーヒーが出てきたとあって、僕らはさっそく上着を脱いだのですが、そのとき、上着を受け取って椅子の背もたれに掛けたのが千華子さんとあなただったことが、問題を解く鍵となりました。

あの円形テーブルの着席順は、久和子さんに向かって、左側は千華子さん・芳雄・兵藤・佐倉、右側は澤子・橙子さん・庸平さん・僕となっていました。そして、それは取りも直さず、兵藤と佐倉の上着を扱ったのが千華子さん、庸平さんと僕の上着を扱ったのがあなただった事実を示しています。

こんなごく日常的な風景に誰が注意を払うでしょうか。考えてみれば、そのさい、僕の上着をさりげなく庸平さんの椅子に、そして庸平さんの上着を僕の椅子に掛けることは、あなたにはなんの造作もないことだったのです。

さらに、あなたの策略は続きます。

「失礼して、煙草を吸ってもいいかしら？」

はやばやとコーヒーを飲み終えたあなたは、バッグからピースの箱を取り出すと、おもむろに紙巻煙草を口に咥えました。

澤子にヒ素中毒の症状が出ないうちに――。いま思えば、少々無作法なあなたの振る舞いも納得がいくというものです。

それを見た庸平さんは、着席したまますかさず手を伸ばし、背もたれに掛かっている上着のポケットからライターを取り出しました。むろん、あなたの煙草に火をつけるためですが、はたして彼がしたことはそれだけだったのでしょうか。

彼はこのとき、前もってズボンのポケットから取り出してあったライターと包み紙の切れ端を上着のポケットにすべり込ませ、あたかも最初からそこにあったかのように、ライターだけを取り出して見せたに違いない――。僕はそう踏んでいます。銀紙に自分の指紋がつかないよう、指先にも当然、なんらかの対策を施していたことでしょう。

こうして、僕の上着と庸平さんの上着は、――当のあなたと庸平さん以外――誰ひとり入れ替わりに気づかないまま、警察が所持品検査をするまでダイニングルームに放置されていたことになります。

あなたも庸平さんも「僕の上着のポケットに手を突っ込む」チャンスがなかったことは、誰の目にも明白でした。このみごとな連携プレーによって、あなた方は完全に容疑者の圏外に出ることに成功したわけです。

それだけでも脱帽ものというべきでしょうが、あなたが立てた作戦は、そんななまやさしいものではありませんでした。

僕の上着のポケットに、芳雄殺害の動かぬ証拠を入れたのは誰なのか。警察が当然抱くであろう疑問を見越して、あなたは次なるステップに進む準備もしっかり整えていたのです。

常識的に考えれば、僕の上着のポケットに手を突っ込むことができた人物は、僕自身か妻の澪子ということになります。とはいえ、澪子は被害者なのですから、疑いの目が僕に向けられることは火を見るより明らかでしょう。

芳雄に与える毒入りチョコを上着のポケットに忍ばせていたところ、うっかり、ちぎれた包み紙の切れ端を遺留してしまったドジな犯人――。実際、警察は僕ひとりに的を絞ってきました。

そして、僕も岸上もそれを痛感したからこそ、最後は自首という非常手段を取らざるを得なかったのですが、では、あなたは本当にそんな結末を望んでいたのでしょうか。

この期におよんでもたいした自惚れだと笑われそうですが、僕には、どうしてもそうとは思えないのです。聡明なあなたは、そこでもなんらかの策を講じていたに違いない。これはもう男の直感といってもいいでしょう。

そこで思い起こされるのが、例の「他殺に見せかけた自殺」です。あえて他殺を装って自殺することで、自分を裏切った夫に復讐する――。要するに、あなたが提唱された澤子犯人説のメイントリックにほかなりません。

その澤子犯人説は、実は成立する余地がなかったことはすでにご説明したとおりですが、当時のあなたは、むろんそんなことを知る由もありませんでした。

あなたは、僕が窮地に陥ったところでおもむろに澤子犯人説をぶち上げ、絶体絶命のピンチから僕を救い出すおつもりだったのでしょう。

本来は被害者である澤子を逆に真犯人に仕立て上げる――。野球でいえば、九回裏に逆転サヨナラホームランを打つようなもので、それにより、人々の注目はもっぱら僕と澤子の夫婦関係に集まることになります。

当然ながら、あなたと庸平さんの存在はその陰に埋没し、誰からも疑いの目を向けられることはありません。そしてそれこそが、あなたが編み出した他に類を見ない高等戦術だったわけです。

それにしても、あなたはなぜそうまでして澤子を貶《おとし》めたかったのでしょうか。疑問は残ります。

澤子を排除することだけが目的なら、他にいくらでも殺害の場所や方法があったはずです。そこには、たんなる姉妹間の軋轢を超えた何かがあったと思えてなりません。

以下、僕はその点について、自分なりの見解を述べてみたいと思います。

あなたが僕の自首という結末を望んでいたとは思えない。さっき僕はこう申し上げました。その言葉に嘘はありません。

けれども、あなたがあえてあのような小細工を施したということは、――少なくとも事件発生直後の段階で――疑いの目が僕に向けられることをあなたが容認していた事実、もっといえば、あなたがそれを狙っていた事実を如実に表している。それは否定できないところでしょう。だとすれば、橙子さん。考えられることは一つしかありません。

ここぞとばかりに澤子の悪行を暴いて僕の憎悪を煽《あお》り、結果的にあなたとの愛を完璧なものにする。本当の狙いはそこにあったのではないでしょうか。

周到なあなたのことです。きっと事前に万全の布石を打っていたことでしょう。

正直にいえば、澤子が隠し持っていたという例の証拠写真。あれも、実際のところはあなたが仕込んだ偽装証拠なのではないか。僕はそう睨んでいます。澤子犯人説を成立させるには、澤子が僕を恨んでいたという伏線を張っておく必要があるからです。

そして、これは想像するしかないのですが、たとえばあなたが澤子の名を騙《かた》り、調査事務所に僕たちの不倫写真を撮るよう依頼したとすれば、あなたは容易にあの写真を入手できたことになります。あとは、そのうちの一枚――あなたの顔が写っていない後ろ向きの写真を、澤子の本棚の蔵書に挟んでおけばオーケーというわけです。

ついでにいえば、澤子が亡くなる前、

「助けて。殺される——」

そう伊野原総合病院の担当医に訴えたという話も、何か裏があると考えていいでしょう。

たとえば千華子さんが席をはずした隙を狙って、あなたが澤子に偽の情報を吹き込んだ可能性は大いにあると思われます。

「この症状は、誰かがお姉様に毒を盛ったとしか考えられないわ。まさかとは思うけれど、治重お義兄様ということはないかしら。いまだからいうけれど、実をいうとわたし、お義兄様が知らない女の人と歩いているのを見かけたことがあるのよね」

そんな話を聞かされれば、澤子が疑心暗鬼に陥るのも当然です。

そしてあなたの思惑どおりに、警察が僕に疑いの目を向けたところで、いま気がついたとばかりに澤子犯人説を披露する——。それがあなたの計画でした。

唯一不安要素があるとすれば、それは庸平さんで、彼があなたに協力するのは、あなたが正真正銘、姉一家の消滅を望んでいると信じたからにほかなりません。庸平さんの最大関心事は、あなたの歓心を買うことだったといっても過言ではないでしょう。そしてもちろん、それは彼自身の利益につながる話でもありました。

そのあなたが実は僕の味方で、すべては僕を冤罪《えんざい》から救うための茶番だったと知ったら、彼が黙っているはずはありません。

自分も犯行に一枚噛んでいる以上、警察にたれ込むことはないにしても、あなたにとって彼の存在が脅威になることは疑いがないところです。そのとき、あなたは彼との間でどんな決着をつけるおつもりだったのでしょうか。

ここで思い出されるのは、当時の裁判記録にあった庸平さん本人の供述です。


私も佐倉さんも、法要が終わってからダイニングルームに移動するまで、応接間から一歩も出ていません。それは誓って確かですよ。灰皿があるのは応接間とダイニングだけですし、身体がだるくてあまり動きたくなかったもので——。実をいいますと、私はこのところ体調がよくないんです。家内の勧めで漢方薬を飲んでいるんですが、あんまり効かないんですよ。まぁ、煙草を止めればいいことは分かっているんですがね。


これで分かるように、庸平さんの体調不良はすでにこのころから始まっていました。

原因は分かりません。ただ確実にいえることは、彼があなたの助言のもとに、当時から漢方薬を服用していたという事実です。

あなたも認めておいでのとおり、甘草にかぎらず、よく効く薬にはかならず副作用があります。その症状もさまざまで、中には薬というよりは毒——それも劇薬に近いものもあるでしょう。

そうだとすれば、漢方薬を隠れ蓑にしたあなたの庸平さん殺害計画は、実際にはずっと前から進行中だったのかもしれません。

万全のはずだったあなたの計画が狂ったのはいうまでもありません。死刑判決を懼れた僕が自ら罪を認めて自首をしたことでした。

無実の人間があえて冤罪被告人を志願する――。想像もしなかった展開に、さすがのあなたも動揺を隠せなかったことでしょう。

澤子犯人説を打ち出すタイミングを逸したあなたは、庸平さん殺害計画をとりあえず棚上げにしましたが、夫に対する評価が変わることはなかったとみえます。僕の無期懲役刑が確定した段階で、あなたはふたたび庸平さん殺害に踏み切ったわけです。

以上が僕の推理ですが、さて、どうでしょうか。僕の見立ては、当たらずといえども遠からずのはずです。


と、ここまで衝動に突き上げられるままに書き連ねてきましたが、そろそろこの手紙も終わりに近づいているようです。

僕の心はいまも二つの相反する感情に引き裂かれ、いっときも休まることを知りません。すべてはあなたが僕への愛ゆえに行ったことだった――。そこに疑いの余地はありません。けれど、そのために僕の人生が台なしになったこともまた厳然たる事実です。

おそらくあなたは、あの告白によって僕の内なる悪魔を呼び覚ましたのでしょう。

身体の奥底から突き上げてくるこの怒り。なぶり殺し、八つ裂きにし、踏みつけてもまだ足りないほどの憎悪。いっそあなたの臓腑をこの手で切り刻むことができたら、どれほど気が晴れることか。

そこまで残虐な夢を見ている自分が、自分でも信じられません。

そして、それほどまでにあなたを恨み、軽蔑しながらも、あなたをいま一度この胸に抱きしめ、永遠に自分のものにしたい——。そう願っているもうひとりの自分がいます。

それもまた逃れようのない僕の現実なのです。

僕が失った四十二年間。それは何もかも水に流すにはあまりにも長い時間でした。犯人を赦すことなど、できようはずもない——。僕はその歳月を、ひたすらあの事件を見つめ直し、真相を探り出すことに捧げたのです。

そして、図らずもその悲願が達成されたいま、僕はいったいどうするべきなのか——。立往生している自分を眺めて、呆然とするばかりです。

それとも、橙子さん。あなたは、人も世の中もいつまでも同じではいられない。過去の恩讐は捨て去り、本能だけで生きるべきだとお考えなのでしょうか。

繰り返しますが、四十二年間。それは本当に長い時間でした。

その間に、世の中は急速に変わっています。

なにしろ、米国の大統領選でアフリカ系アメリカ人のバラク・オバマが当選を果たしたくらいです。忘れもしない、僕らが苦しくもせつない青春を過ごした昭和のあの時代——米国で公民権運動が高まりを見せていた一九六〇年代には、想像もできないことでした。

東西の冷戦が終了し、米国の富豪がロシアの宇宙船で宇宙旅行を楽しみ、ごくふつうの庶民が地球の裏側にいる家族や友人と携帯電話で会話をする――。当時は夢にも思わなかったことが実現しているのです。

何が正しくて何がぜったいなのか、どうして断言できるでしょうか。

橙子さん。正直、僕はいま混乱しています。

どうか少し時間をください。

僕はこれから何をして、どう生きたらいいのか。そして、あなたとどう向き合ったらいいのか。冷静になるのを待って、いま一度考えてみるつもりです。

平成二十年十一月四日

楡　治重

平成二十年　冬

平成二十年十二月、Ｑ県福水市で奇妙な心中事件が発生した。

奇妙――というのは、ほかでもない。ふつうの心中とは異なり、死亡した男女がそれぞれ自宅浴室の浴槽内で着衣のまま手首を切り、失血死を遂げていたからである。

両者ともに、体内からアルコールに加えて睡眠薬が検出されている。遺書はない。

どちらも老齢のひとり暮らしで、ふだんから交際範囲がきわめて狭かったことが災いした。発見された時点ですでに死後六、七日が経過していたが、その間、彼らを訪ねて来た者はいなかったようだ。

先に遺体が発見されたのは女の方で、楡橙子・六十九歳。かつては福水市の名家として隆盛を誇った楡一族の生き残りである。

実際、世間を騒がせたあの楡家殺人事件が起きるまでは、この女性も優雅な暮らしぶりだったというが、人生はいつ何が起きるか分からない。楡法務税務事務所の所長でもあった楡家の当主が、こともあろうに妻子を毒殺した前代未聞の騒動は、彼女の運命を根底から変えたらしい。以来、楡家は没落の一途を辿ることとなった。

　楡法務税務事務所の所属弁護士だった夫・大賀庸平の死後、亡夫の親族との姻族関係を絶ち、楡家に戻ってからすでに四十年あまり。

　母親の死後は親戚との交流もなく、日常の買い物を別にすれば、出かける先は病院か美容院、それにせいぜい年一、二度のデパートのみ。近隣住民とのつき合いも拒絶し、ほとんど隠遁生活といえる状態だったようだ。

　発見者は通いの家政婦である。

　毎週月曜日、庭の手入れを含めた家事全般に従事するこの女性は勤続十七年。勤務時間は朝七時から午後三時までで、十二月八日のその日も時間どおりにやって来たところ、どうも邸内の様子がおかしい。すぐ異変に気づいたという。

　早起きの女主人の姿が見えないこともあるが、それより何より、雨戸もカーテンも閉めきられたままで、薄暗い邸内は森閑として物音一つしない。

　用事で出かけるなら出かけると事前に連絡があるはずで、あの奥様が黙って家を留守にするとは思えない。ということは、体調が悪くて寝込んでいるのかもしれない。いや、老人のことだから、最悪の事態もあり得るだろう。

　居室の奥座敷の前で、

「奥様、どうかなさいましたか?」

　おそるおそる声をかけてみるものの、返事はない。

思いきって襖《ふすま》を開けると、案に相違してそこにもいない。不気味な空間がぽっかりと口を開けているとあって、ホッとする間もなく、あらたな不安が押し寄せてくる。そもそも布団も敷かれておらず、寝た形跡がないのである。

あわてて邸内を見回った結果、女主人が見つかった場所は、なんと広い屋敷の中でもいちばんの端っこだった。しんしんと冷えきった昔ながらの石畳の風呂場の、これまたすっかり黒ずんだ年代ものの檜《ひのき》の湯船――。真っ赤に染まった水中に、小柄な身体をひっそりと沈めていたという。

そして湯船の底には、よく使い込まれた刃渡り十六センチの出刃包丁。魚を捌《さば》くのが得意だった橙子愛用の品である。

服装は、グレーのカシミヤのアンサンブルに黒のウールのパンツ。地味な装いながら、きちんとセットされた毛髪といい、胸元を飾るダイヤのペンダントといい、それなりのおしゃれをして最期を飾ったことが見てとれる。

飲酒と入浴で血行をよくしたうえで、手を心臓より下に置き、動脈に達するまで深くしっかりと刃を入れる――。他人に迷惑をかけず、かつ醜態を晒さずに旅立つには最適と思われる一方、それほど実例を聞かない自殺方法でもある。

それというのも、かなり力を込めないと人間の身体はすっぱりとは切れないからで、本能的な恐怖心も手伝い、大の男でもなかなかふんぎれないものらしい。

橙子の場合も逡巡した形跡は明らかで、彼女の左手首には、致命傷となった傷のほかにいくつものためらい傷が残されていた。

それにしても、この孤独な老女にいったいどんな事情があったのか。

その一週間前の月曜日、家政婦が楡邸を辞去したときには特に思いつめた様子は見られず、むしろいつになく上機嫌だったというから、まことに人の心は窺い知れないというほかない。

ただし、橙子はその日、家政婦を送り出したあと、めずらしくタクシーで外出をしたことが、財布の中にあった領収書から分かっている。

そして、その後判明したいくつかの事実から、彼女が自殺したのはその日の夜のことだったと推察されるのだが、そうだとすれば、これはなんとも間が悪かったといわざるを得ない。遺体発見がまるまる一週間遅れる結果となったからである。

その橙子に次いで遺体が発見されたのは、楡治重・七十一歳。楡家の元当主で、橙子とは義理の兄妹の間柄になる。

こちらは、生涯を楡家という繭《まゆ》の中で過ごした橙子とは違い、山あり谷ありの波乱に満ちた一生だったといえよう。

なにしろエリート弁護士から一転、殺人事件の犯人として無期懲役の判決が確定。四十年以上にわたる服役生活ののち、つい最近仮釈放になったばかり。身元引受人となった友人兼弁護人・岸上義之弁護士の家から小さな貸家に引き移り、まだ日も浅い中での出来事だった。

その貸家の間取りは、二畳ほどの台所に六畳と三畳の和室。あとはトイレと洗面所と浴室という簡素なもので、刑務所暮らしを思えば天国とはいえ、豪壮な楡邸とは雲泥の差である。立ち会った警察官も、あまりの落差に同情を禁じ得なかったようだ。

当然、近所づきあいはない。近隣の住民は、ほぼ一週間隣人の姿を見かけていないことにも気づかなかったらしい。冬場のことで腐敗もさほど進んでいないから、警察が乗り込んで来なければ、発見はもっと遅れたものと思われた。

現場となった浴室は台所の横にある。

こちらも橙子と同じく、冷えきって真っ赤に染まった水につかったまま、こと切れていたが、なにぶんにも小さなホーローのバスタブである。一度に三人の大人が入浴できる楡邸の湯船とは大違いで、大の男が身体を伸ばせるスペースはない。遺体はタイルの壁を背に、うずくまるように長身を沈めていた。

服装は普段着のままで、紺のジャージの上下。服役中の習慣が抜けないのか、五分刈りの頭で、うっすらと無精髭も生えている。

これが男と女の違いというものか、それとも、そもそも心中に対する思い入れの違いなのか――。きっちりと身支度を整えて逝った橙子に比べると、その心意気の差には否定しがたいものがある。

とはいえ、覚悟の自殺だったことは確かなようだ。こちらはためらい傷も見られず、左手首のつけ根からあざやかな切り傷がぱっくりと口を開けている。

使われた刃物は、橙子と同じく刃渡り十六センチの出刃包丁。洗面所には、ドイツ製の高級品――刃渡り七十二ミリの西洋剃刀《かみそり》も備えられていたが、ここであえて包丁を選んだのは、女と同じ死に方にこだわったのかもしれない。新品と思われる大量生産品が遺体の膝の上にちょこんと載っていた。

紛れもない遠隔心中――。多少の相違点はあっても、この二つの自殺が無関係に進行したことはあり得ない。警察の見解は揺るぎなかった。

もっとも、彼らが当初から橙子と治重の関係を承知していたわけではない。

この自殺には楡治重が関わっている可能性がある。橙子の遺体発見後、彼らが治重のもとに急行したのにはある明快な理由があった。

橙子の居室の手文庫から、治重が橙子に送った三通の書簡が発見されたからである。

東伊野原警察署は二年前に竣工したばかりの明るく機能的な庁舎である。

その二階。会計課・生活安全課・交通課といった市民と直結する部署を尻目に、刑事課は市の中心部を見渡せる南向きの特上スペースを占めている。

そんな花形部署の刑事課の中でも、特等席はむろん刑事課長の座席で、さんさんと陽光が射し込むガラス窓を背に部屋中を一望できるところは、さすが東伊野原署の〈陰の署長〉と噂される実力者の御座所だといえるだろう。

とはいうものの、どんな権力者もいつも意気揚々としているとはかぎらない。

今日はひさしぶりの晴天で、外には一点の曇りもない青空が広がっているというのに、当の槙《まき》村《むら》和博《かずひろ》刑事課長は、さっきから深刻な面持ちで考え込んでいた。

少し前に訪問客が帰ったばかりで、まだ心の整理がつかないのである。即断即決で知られる辣腕刑事にしては、これは非常にめずらしいことだった。

槙村のもとに楡橙子自殺の一報が入ったのは、二日前の午前中のことである。

昔日に比べて凋落《ちょうらく》ぶりが著しいとはいえ、ここ東伊野原署では、楡家の存在はいまだ大きいものがあり、その名を知らない警察官はいないといっていい。

四十二年前のあの事件のインパクトがいかに大きかったか、それだけでも推察できるが、特にここのところは、無期懲役刑に処せられた楡治重が仮釈放となり、福水市に戻って来ている。そこで楡家のただひとりの生き残りの女当主が自殺したとなれば、これはただごとではない。署内に緊張が走るのは当然のことだった。

しかも、それだけではない。現場からの報告によれば、発見者兼通報者の家政婦に命じて遺書を探させたところ、遺書自体は発見されなかったものの、なんと亡くなった橙子の居室から、とんでもないものが出現したのだという。

それは何かといえば、かの楡治重が橙子に宛ててしたためた長文の書簡がぜんぶで三通。いずれも治重が仮釈放になったのちに投函されたもので、ことと次第によっては、東伊野原署ばかりか、Q県警本部がひっくり返りかねないほどの衝撃的事実が語られているらしい。

それは聞き捨てならない――。槙村は迷うことなくその場で部下に書簡を読み上げさせ、ただちに全文を検めている。

それにしても、驚くべきはその中身である。そこには、治重が投獄される原因となった楡家殺人事件について、事件の発端から裁判の確定にいたる詳細な経過説明に加え、その真相に迫らんとする治重なりの主張と考察とが連綿と書き綴られていた。
中でも注目されるのは最後の一通――。十一月四日付の消印のある封筒に入っていたもので、橙子が自殺した理由を知る意味でも見過ごすことができないその書簡は、なまじの小説などおよびもつかない迫力で、読む者の心を捉えていく。

治重と橙子は、四十二年前の事件当時からひそかに愛し合っていたこと。

卑劣きわまりない犯行と思われていた治重による妻子毒殺事件が、実は大賀庸平・橙子夫婦によって仕組まれた巧妙な罠だったこと。

そして、事故だとされていた庸平の転落死にも、橙子による意図的な作為が介在していたこと。

にわかには信じがたい事実が冷静な筆致で整然とまとめられ、書簡の最後は、橙子への愛と憎しみのはざまで揺れ動く心情の吐露で締め括られている。

これが本当なら、いうまでもなく一大スキャンダルである。治重本人が自首したとはいえ、思い込みと決めつけによる誤認逮捕が招いた紛れもない冤罪事件――。当時の検察・警察の大失態といえるだろう。

だが、いまはそんなことをいっている場合ではない。とりあえず治重のもとに急行するのが先だ。槙村が命令を下したのはしごく当然のことだった。

本人に真偽を確認する必要性に加え、治重から橙子に宛てた手紙が存在するからには、橙子から治重に宛てた返信もあるはずで、早急にそれらを押さえる必要がある。がぜん刑事としての本能が刺激されたことはもちろんだが、それだけではない。一方の当事者である橙子が自殺している以上、もう一方の治重の安否にも重大な懸念を抱かずにはいられないからである。

そして槙村の予感は的中する。

署員が駆けつけてみると、治重もまた遺体となって自宅の浴槽に沈んでいただけではない。居間の机の引出しから、橙子の自筆になる二通の書簡が発見されたのである。

もっとも、インテリの治重なら自殺におよんだ理由ぐらいは書き記すはずだ——。槙村の見込みに反し、遺書は見つかっていない。

週末と月曜日はごみの収集がないので、もしかして書き損じでも残っていないだろうか。立会人の岸上弁護士ともどもごみ箱まで検めたものの、遺書はおろか、今回の自殺と関係のありそうなものは何もなかったという。

行動こそがすべて。他人への弁明など必要ない——。そこには死者の強固な意思が見え隠れしている。

こうなったら、残された全五通の書簡とその後の彼らの行動から真相を推し測るしかない。そして、それは取りも直さず、度重なる再審請求における治重の主張はそれなりの根拠に基づいていたこと。そして、治重こそがあの楡家殺人事件の最大の被害者であった事実を認めざるを得ないことにつながっていく。

そうはいっても、冷たい軀《むくろ》の前には、〈無実〉のふた文字も虚しいばかりである。現場は鬱々とした空気に包まれた。

悲願の仮釈放を勝ち取った治重だったが、はたしてそれが幸いだったのかどうか。

死刑という最悪の結果を回避するため、あえて自首する道を選択した策士も、まさか最愛の女性が自分を陥れた犯人だとは夢にも思わなかったのだろう。ここに至るまでの懊悩《おうのう》は深かったと思われる。

他方、治重からの最後の書簡を受け取った橙子の反応はどうだったのか？　こちらの真相は不明のままだ。橙子から治重への三通目の書簡が見当たらないからで、おそらく、その後ふたりは電話で連絡を取っていたのだと思われる。

いずれにしても、橙子からの反論がなかったこと自体、彼女が自らの罪を認めた証拠だともいえ、ふたりが残したあの往復書簡が彼らなりの〈遺書〉だったことは間違いないだろう。

自分の一生をメチャメチャにした元凶とはいえ、元はといえば恋人同士である。

諸悪の根源は僕たちが愛し合ってしまったことにある――。書簡の中で、治重はそう述べている。絶望と混乱と迷いの末に、最後はふたりそろって死ぬ決意を固めたことは想像にかたくない。

もっとも、治重の行動に一点の疑問もないといえば嘘になる。

なにも治重まで死ぬ必要はなかったのではないか？　長年の服役生活からやっと抜け出した彼が、いとも簡単に命を捨てたことに釈然としないものは残る。

その点に違和感を持ったのは槙村だけではない。署員の間からも戸惑いの声が上がったものだが、解剖の結果を始め、各所からの情報が集まるにおよんで、そこにはそれなりの事情があったことが判明した。

治重は実は進行した肺がんに罹患していて、余命は六ヵ月から長くても一年――。本来ならあり得ない仮釈放が実現した理由も、背景にこの健康問題があったとすれば納得がいく。事実、出所後の治重は福水市立病院の呼吸器内科を受診し、定期的に通院治療を続けていたようだ。

とはいいながら、治重本人に生への執着がどれほどあったかは不明である。

「昔と違って、いまは治療法も進歩していますからね。試してみてはいかがですか？」

担当医が化学療法や放射線治療を勧めても、

「私にとっては、少しばかり長く生きるより、いま現在を無事過ごすことの方がたいせつなんです」

かたくなに拒絶して、もっぱら対症療法でやり過ごしていたらしいからである。

四十二年にわたり挑み続けた難問に答えが出たいま、もはやこれ以上生き続けることに意味はなかったのかもしれない。

その後の捜査によって、治重と橙子が遠隔心中を遂げたその日、ふたりは治重の家で近所の鰻屋から鰻重と肝吸いの出前を取り、ビールを飲みながら夕食をともにしたことが分かっている。

この日の夕方、治重のもとを訪れた橙子は、死亡時と同じグレーのアンサンブルに黒のパンツといういでたちで、傍目《はため》にも甲斐甲斐しく立ち働いていたらしい。

配達にやって来た鰻屋の従業員は、高齢の男女が楽しげに談笑している姿をしっかり目撃していた。カネを払ったのは男の方だが、受け取った品を盆に載せ、いそいそと奥に運んだのは女の方である。時刻は午後六時ちょうど。

「こんな年寄りでもふつうにイチャイチャするんだな、って、ちょっと意外でした」

仲睦まじい茶飲み友達。三十そこそこの若者の目に、ふたりはそう映ったようだ。

最後の晩餐と呼ぶにはあまりにも平凡な光景――。死を覚悟した老人の底知れない精神力を窺わせるエピソードではある。

ちなみにその翌日、同じ従業員が容器を回収に来ると、きれいに洗ったふたり分の重箱と吸い物椀が玄関先に置かれていたという。鰻は昔から橙子の好物だったようで、彼らが生涯の最後に鰻重を堪能したことは間違いない。

けれど、そんなことはまぁどうでもいい。警察が最後の晩餐に注目したのには、もっと現実的な理由があった。

司法解剖の結果、治重の胃から未消化の鰻にご飯、香の物や三つ葉が検出され、それによって、治重の死亡推定時刻が当日の午後八時から十時の間であることが判明したからである。

他方、橙子の胃には未消化の食物は残っていない。

その橙子は、当日の午後八時半過ぎ、治重宅の近くの路上でタクシーを拾い、九時前に楡邸に帰宅したことが分かっている。財布の中に領収書が残されていたためで、彼女を乗せた高齢の運転手は、同年配の女客を相手にしばし世間話に興じたらしい。その受け答えも顔立ちもしっかり記憶していた。

食べ物が胃の中に滞在する時間は、平均で三時間から五時間だといわれている。中でも肉や鰻のように脂肪分の多い食べ物は、消化されるまでに四、五時間かかるのがふつうだという。となれば、橙子が治重よりあとに死んだことはほぼ間違いなく、死亡推定時刻は早くても午後十時――。おそらくは十一時以降だと考えられた。

ふたりが摂取した睡眠薬は、どうやら橙子がかかりつけの医師から処方されたカプセルだったようだ。楡邸の居室の茶簞笥《ちゃだんす》にしまわれていた薬袋から、日数分を上回るシートが減っていることが確認されている。

覚悟のうえの自殺でも、本能は正直なものである。物音一つしない浴室での孤独な死――。恐怖心を和らげるには、やはり睡眠薬の助けが必要だったのだろう。

ちなみに、治重が使用した出刃包丁は事件の前日に購入されたことも判明した。治重宅のキッチンの引出しの中、認め印に筆記用具・鋏《はさみ》やセロハンテープといった小物類に交ざって、市内の量販店のレシートが一枚、メモ帳に挟まれていたからである。

みごととしかいいようがない完璧な心中だが、彼らはなぜふたり一緒ではなく、べつべつの場所で死んだのか？

本当のところは当人たちに訊くしかないものの、この最後の疑問にも、槙村は自分なりの答えを見つけていた。

それぞれが各自の尊厳を保ち、マスコミにスキャンダラスに扱われる事態を防止するには、これが最良の選択だったのではないか？

それを裏づけるかのように、すべてをなし終えてから眠りに就く――。楡邸には、旅立ちを前に橙子が家中の見回り点検をした証拠が残されていた。

広い屋敷内の雨戸とカーテンが一つ残らずきっちりと閉めきられ、数ある電気製品のコンセントもすべて引き抜かれていたからで、これなら一週間放置されても、盗難の心配も漏電の懼《おそ》れもない。

死んでもなお、楡邸だけは守りたかったのか。

たとえ殺人者であっても、プライドだけは失わない。楡家の娘が最後に示した矜持《きょうじ》に、立ち会った警察官らもしばし感慨にふけったのである。


警察にとって、自殺事件は基本的に気が楽なものと決まっている。

犯罪と違い、刑事事件として立件されることがないからで、有名人の自殺や学校でのいじめなどのケースを除けば、ニュースにもならないのがふつうだ。当然ながら、刑事課長が乗り出すような話ではない。

とはいえ何事にも例外はある。とりわけ楡家で起きたこの事件は、仮釈放中の殺人犯の自殺――、それも殺した妻の妹と示し合わせての遠隔心中ときている。ニュースにならないどころか、マスコミを挙げての一大トピックスになることは避けられない。

槙村が慎重になるのはあたりまえだが、今回は、いうまでもなくそれだけに止まらない厄介な問題があった。

亡くなった橙子と治重の自宅に残されていた全五通の書簡をどう扱うべきか。ことは東伊野原署のみならず、検察・警察全体の威信に関わる。

もっとも事態がここまで大きくなると、槙村ひとりがあれこれ頭を悩ますまでもない。楡家の心中事件に関する警察の公式見解はすでに固まっている。遺書が残されていない以上、自殺の動機は不明――。それで押し切るということだ。

ふたりが取り交わした書簡はあくまでも彼らの私信で、第三者が勝手に公開すべきものでもなければ、その内容が真実だという確証もない。冤罪事件の真相にいたっては、ただの憶測に過ぎないではないか。

要するに、あんな書簡はなかったことにしたい。それが上層部の本音なのである。

あたりまえの話だが、もはや警察の内部に当時の担当者はいない。そうでなくても、四十年以上も前の事件について現トップが責めを負うことはないのだが、なんであれ冤罪の話題は避けたい。それは組織というものの防衛本能だといえるだろう。

それにあの事件はふつうの凶悪犯罪とは少々異なっている。あくまでも家族という小宇宙での出来事で、犯人が治重だろうが橙子だろうが、他人にとってはどうでもいいことだ。ましてやそのふたりがともに死んだいま、ことを荒立てる必要がどこにある？　かくいう槙村にもそういう気持ちはある。

そうはいっても槙村が悩ましいのは、もし警察が公表を渋っているうちに、書簡の存在がマスコミにすっぱ抜かれでもしたら……。一抹の不安があるからで、警察の不祥事はマスコミの格好のネタになるに決まっている。

やれ隠蔽だ、組織ぐるみの保身だと、どれほど叩かれまくるか分かったものではない。

想像しただけで胃が痛くなるが、いま槙村が思いつめているのはそんなことではない。所轄の刑事課長として、ことによったら自分の責任問題に発展する事態が進行中――。早急に決断をする必要に迫られているのである。

発端は、あの岸上義之弁護士が、今日になって刑事課長に面会を申し入れて来たことにあった。

岸上はいうまでもなく治重の元弁護人で、仮釈放の身元引受人でもある。だから治重の生存中は、その生活全般に責任を負っており、治重が住んでいた貸家も契約上の借主は岸上になっている。仮釈放中の殺人犯に家を貸す家主がいるはずもないからで、必然的に、警察は何をするにも彼と協議をする必要があったのである。

実際、治重の遺体発見時も、岸上は最初から最後まで現場で立ち会っており、おかげで各種手続きがずいぶんとスムーズに進行したと、これは部下から報告を得ている。

警察と弁護人は本来なら敵同士だが、本人が死亡した以上、あえて対立する理由はどこにもない。ちょうどいい機会だ。このさい、例の書簡の扱いについて岸上の意見を聞いておくとしよう。

そんな心境で会談に臨んだ槙村が、打って変わって深刻な面持ちに変わったのには、むろん理由があった。席上、岸上が放った意外なひと言が、ぐさりと胸に突き刺さったままどうにも離れないのである。

槙村は、さきほど岸上と交わした会話をじっくりと反芻《はんすう》した。

「検察や警察が、あの五通の書簡についてどのように考えておられるかは存じません。でも、私は最初から彼の潔白を信じていましたから。

あの事件に関するかぎり、犯行可能だった人物は、事件発生時に現場にいたほんの数人にかぎられています。なので正直、橙子さんが真犯人だと分かっても、さほどの驚きはありませんでした。むしろ納得がいったとでも申しましょうか」

艶やかな銀髪に血色のいい肌。いまなお現役の弁護士だけあって、岸上はかくしゃくとした老人だった。見た目どおりの冷静で知的な話しぶりである。

治重とは高校の同級生だったというから、ふたりは同い年のはずだが、とてもそうは見えない。槙村は、まるで蠟人形のような治重の遺体の、深く皺が刻まれた死顔を思い出さずにはいられなかった。

「先生はそう仰いますがね。我々はあの書簡があるからといって、あの裁判が誤っていたとは思いませんね」

槙村の個人的見解はさておき、警察を代表する立場として、いうべきことはいっておかないといけない。槙村はさっそく論戦を開始した。

「書簡なんてものはしょせん私文書です。宣誓したうえでの供述とは月とすっぽんで、信用性がまるきり違います。裏づけとなる証拠もなければ、書かれていることが真実だという保証もない。だいたい、あのふたりの書簡のやり取り自体が推理ごっこというか、一種の遊びといえなくもないですからな」

刑事課長の断定的な発言にも、

「確かに、そういう面も多少はあったかもしれません。もともと、公表することを前提に書かれたものでもありませんし」

さすがは老練の弁護士で、相手の言い分を真っ向から否定はしない。岸上は、まずはおだやかにうなずいてみせた。

「ですが、そうはいっても、あの中で彼らが語っていることを、まるきりの絵空事だと決めつけることも無理がある。それはあなた方もお認めになるでしょう？」

「まあね」

「なにしろあの書簡が交わされたあと、ふたりとも亡くなっていますからね。これはただごとではありません。たんなる推理ごっこや遊びで、彼らが死ぬわけがないんですから」

そこはこちらも認めないわけにはいかない。

「それはそうです」

槙村はあえて異を唱えなかった。

「でも、だからといって、真犯人は橙子さんだったということにはならんでしょう。橙子さんが、治重さんの推理とやらを認めた証拠はどこにもありませんからな。

だいたい、治重さんは肺がんを患っていたそうじゃないですか。どのみち長く生きられる体ではなかったんです。ふたりが心中したのは、昔の事件の真相がどうこうというより、恋愛感情からだったと見る方が自然じゃないですかね？」

槙村の指摘に、けれど岸上はきっぱりと頭を振った。

「私はそうは思いませんね。恋愛感情が第一なら、なにも彼らが急いで死ぬ必要はなかったはずです。せっかく自由の身になったんですから、治重さんの寿命が尽きるまで生きればいい。橙子さんが死ぬのはそれからでも遅くありません。

それに心中の動機が単純な情死なら、ふたり一緒に死ぬのがふつうでしょう？　楡邸の浴室は充分に広いんですから。違いますか？」

理路整然とした反論に、不覚にもとっさの返しが浮かばない。

「じゃあ先生は、彼らが死んだ理由はなんだったとお考えなんですか？」

思わず声が高くなった。

「先生が仰るように、ふたりが心中した動機が恋愛感情ではないとすると、治重さんに犯人だと指摘された橙子さんはともかく、治重さんはどうして自殺したんでしょうかね？　橙子さんにつき合わなきゃならない理由が、いったいどこにあるというんです？」

「いや実は、そのことなんですがね」

どうやらその質問を待っていたらしい。岸上は正面から槙村に向き合った。

「私が今日ここに参りましたのは、この心中事件には、なんとも釈然としない部分があるからでしてね。私はどうしても納得がいかないんですよ。これはそんな単純な話ではないはずなんです。

ところが私の見るかぎり、警察は何も疑問をお持ちではないようだ。このままいけば、四十二年前の事件の真相どころか、今回の心中事件の真相までもうやむやのまま葬られかねません。となれば、私が直接刑事課長とお話しするしかないと思ったわけです」

「なるほど。で、それはどういうことですか？」

槙村の真摯な眼差しを受けて、老弁護士の顔も心なしか引き締まる。

「そもそも私にとって、治重さんの自殺は到底受け容れがたいものなのです。治重さんが肺がんに冒されていたことは本当で、彼は自分の病状も余命も正確に知っていました。それでも彼は生きる意欲満々で、弱音を吐いたことは一度もありませんでした。

その治重さんがこんな形で自殺をしたということに、私は大いに違和感があるのですが、それよりもっとあり得ないのは、彼がこの私にひと言の挨拶もなく、一通の書き置きすら残さないで死んだという事実なのです。

こんなことをいうと、『被告人がかならずしも弁護人を信頼しているとはかぎらない。それはおまえの思い上がりだ』といわれそうですが、それは違います。彼と私の半世紀以上にわたるつき合い――、なにより彼が投獄されてから、正真正銘、一心同体で戦ってきた実績を踏まえれば、やっとのことであの事件の真相に到達しながら、彼が私に黙って逝くはずがない。それだけは確かです。これまでの彼は、私には何もかも隠さずに打ち明けてくれていたんですからね」

弁護人である前に生涯の親友だったといいたいのだろう。岸上はここで言葉を切ったが、その声音には隠しきれない苦渋が滲《にじ》んでいる。

「ということは、先生は最初から、治重さんと橙子さんが恋愛関係にあったことをご存じだったんですか？」

これは驚きの告白だ。つい声を荒らげた槙村に、岸上は大きくうなずいた。

「もちろんです。被告人のすべてを知っていないと、弁護人は務まりません」

「だとすると、治重さんがあのとき進んで自首したのは、死刑判決を回避するための苦肉の策だったという理由のほかにも、愛人である橙子さんをスキャンダルから守る意図もあったということですか？」

「私は違いますがね。治重さんはそうだったかもしれません」

「ですが、少なくとも先生はその時点で、橙子さんには澤子さんと芳雄君を殺害する動機があることを承知していたわけですな」

「まぁ、そういうことですね」

「それなのに、橙子さんが犯人かもしれないとは考えなかったんですか？」

「仰るとおりです。いまとなってみれば不覚だったというしかありませんが、正直、まるで考えませんでした」

きっと誠実な人柄なのだろう。岸上は痛恨の表情を浮かべている。

「あの事件の犯人は、明らかに治重さんを陥れようとしていました。わざわざ彼の上着のポケットに、動かぬ証拠を仕込んだわけですから——。治重さんを愛している橙子さんがそんなことをするわけがないとね、頭から決めつけていたのが敗因です」

「そして、それは治重さんも同様だったと？」

「でしょうね。ですから、彼にとっても今回の展開は青天の霹靂だったはずです。もし我々がもっと早く真相に辿り着いていたら、事態はまったく違っていたと思うと残念でなりません」

「それはつまり、仮に四十二年前に今回と同じ結論が出ていたら、治重さんは橙子さんを赦さなかったということでしょうか？」

「たぶんね」

岸上のその言葉にためらいの色はない。槙村はひそかにため息を吐いた。

いまだに橙子を赦せないのは、彼女を心から愛していた治重ではなく、その治重を親友として愛していたこの男なのではないか？

加えて、岸上は治重の弁護人でもある。被告人を守るべき弁護人が真犯人を糾弾するのはある意味あたりまえで、その真犯人との心中を選択した治重本人とは、心境が異なって当然だろう。

この様子だと、警察の意向がどうであれ、岸上はあの書簡を公表する気に違いない。槙村は覚悟を新たにした。

もっとも、警察内部にもマスコミと通じている輩はいる。どのみち永久に隠し通すことは無理だとしても、連中の追及をもろに受ける刑事課長としては、とりあえず憂鬱ではある。

「それが本当なら、じゃあ今回、治重さんはなぜ橙子さんを赦したんでしょうかね？　もう一度お訊きしますが、彼らがふたりして死んだ理由はなんだったのか？　先生はそこのところをどうお考えなんですか？」

質問を繰り返す槙村を、岸上はふたたび正面から凝視した。

「だから、さきほども申し上げたでしょう？　私にはなんとも釈然としない部分がありますと

──」

その眼差しがいちだんと鋭さを増した気がする。

槙村は思わず息を呑んだが、それにしても、続く岸上の発言は完全に槙村の意表を突くものだった。

「そもそも、あれは本当に心中だったんでしょうか？」

東伊野原署の刑事課長に向かって、元治重の弁護人はそう訊ねたのである。

「治重さんの遺体と対面したとき、私が違和感を持った原因はいくつかあるのですが、その一つは、彼の左手首の切り口があまりにもみごとだったことなんですね」

岸上は淡々と説明をしていく。

「自殺の場合によく見られるためらい傷もありませんし、きっと魚の頭でも落とすようにひと息で刃を入れたんでしょう。傷口はきれいにぱっくりと割れていました。武道の心得でもあるなら別でしょうが、これはよほどの胆力がないとできないことです。

けれどももう一つは、彼が選んだ刃物が愛用の剃刀ではなく、見るからに新品の出刃包丁だったという事実でした」

ここで岸上がひと息吐くが、その声には確固たる自信が溢れている。

脳内で再現されるそのやりとりに、槙村は今日何度目かになる深いため息を漏らした。

「そもそも、あれは本当に心中だったんでしょうか？」

岸上のこの発言で始まった論戦は、結果的には槙村の防戦一方に終わっている。けれど槙村にしても、最初から脱帽したわけでないことはもちろんである。法律問題ならともかくも、捜査に関してはずぶの素人の弁護士に、こんなことをいわせてはおけない。

「そんなバカな。心中でないとしたら、なんだというんですか？」

色をなした槙村に、

「殺人ですね。治重さんは橙子さんに殺されたということです」

岸上はみじんも動じる気配を見せなかった。

この男は何を根拠にこんなことをほざいているのか？　反感をむき出しにしながらも、槙村にたじろぐものがあったのは、岸上のいうところの違和感――。それこそが、彼自身も頭の片隅で意識しながら、あえて封印した感覚だったからかもしれない。

すっかり血の気が失せ、蠟人形のように静謐そのものの治重の知的な風貌に、ぬらぬらと光る安手の出刃包丁がなんとも不釣り合いに映ったことを、槙村はいまさらながら思い出した。

「治重さんは自分で魚を捌いたりはしませんし、やたらにドスを振り回すヤクザ者でもありません。おまけに、彼は人生の大半を刑務所で過ごしてきました。刑務所の生活では、炊事担当にでもならないかぎり、囚人は包丁を手にする機会がありませんからね。

実際、あの貸家でひとり暮らしを始めた彼は、どこのスーパーでも売っている三徳包丁一本でいっさいの炊事を賄っていました。出刃包丁は、治重さんにとって決して身近な道具ではないのです」

岸上の語り口は、大河の流れのようになめらかでよどみがない。

「そうでなくても、彼ぐらいの年齢の男が風呂の中で自分の手首を切るとしたら、包丁より剃刀を選ぶのがふつうではないでしょうか？　毎日の髭剃りはもちろんですが、鉛筆を削ったり工作をしたりと、子供のころから剃刀には馴染みが深いからです。

特に治重さんは、出所後、わざわざドイツ製の高級剃刀を購入しています。刑務所でも、もちろん髭を剃ることはできるのですが、受刑者に刃物を選ぶ自由はありません。彼は刑務所が貸与してくれる例のT字型の剃刀ではなく、自費で購入した電気シェーバーを使っていました。それだけに、研ぎ澄まされた剃刀へのこだわりは強かったようです。

そんな彼が、一世一代の自殺を敢行しようというのに、なぜわざわざ使い慣れない出刃包丁を選んだのか？　どうにも釈然としないとしかいいようがない。やはり彼には、自分で自分の手首を切る気はなかったとしか考えられませんね」

「さあ、それはどうですかな」

敵がひと息入れたところで、槙村は異論を差し挟んだ。

岸上の意見にも一理はあるが、こと刃物に関するかぎり無条件で肯首はできない。

「出刃包丁と剃刀では切れ味がぜんぜん違いますからね。包丁は調理器具ですから、元来が肉を切るようにできているんです。確実に死のうと思えば、たとえ馴染みがなくても、適切な刃物を選ぶのは当然じゃありませんか？」

槙村の指摘に、

「ま、そういう見方もできますね」

意外や岸上はあっさりとうなずいてみせた。それに意を強くして、

「だいいち、もしあれが心中ではなくて、治重さんの手首を切ったのは橙子さんだったというならですよ。彼女はどうやって治重さんを浴室まで運んだんですかね？　睡眠薬で眠らされていたとしても、大の男を女が動かすのは容易なことじゃないですよ」

もう一歩踏み込んでみるものの、

「一般的には、仰るとおりでしょう」

よほど自信があるものか、岸上はまたしてもおだやかにうなずきを返してくる。

「けれど、まるきり方法がないわけではないと思いますよ。睡眠薬はおそらく食事に混ぜたのでしょうが、薬が効いて意識が朦朧となったところで、何か口実を設けて浴室に連れ込むことは可能でしょう。治重さんは確かに身長はあるのですが、病気のせいでずいぶんとやせてしまいましたからね。小柄な橙子さんでも、支えながら歩かせることはできたはずです。

それにあのバスタブは、底の部分が洗い場より低い位置にあるのですね。昔ながらの木の風呂桶と違って高さもありませんし、縁をまたがせることはそれほどたいへんでもないと思います。そこさえクリアできれば、もうこっちのものです。あとは間髪を容れず、出刃包丁を取り出せばいいんですからね」

岸上の説明に、まぁ、それはそうかもしれない。槙村は心のうちでつぶやいた。いずれにして

も仮定の話だから、論破したところでどうなるものでもない。

ただし、出刃包丁の件はここではっきりさせておいた方がいい。しかし、

「でもあの出刃包丁については、事件の前日の日付のレシートが、治重さんの自宅で見つかっていますね？　これは、治重さんが自分の意思で出刃包丁を購入したなによりの証拠じゃないんですかね？」

槙村の追及にも、

「いや、それはどうでしょうか」

岸上はあいかわらず悠然とした姿勢を崩さなかった。

「治重さんの家にレシートがあったからといって、出刃包丁を購入したのが治重さんだとはかぎりませんよ」

「本当は橙子さんが買ったものを、治重さんが買ったかのように偽装したというんですか？」

「あり得なくはないでしょう？」

岸上はかすかに頬を緩ませている。

捜査のプロ中のプロが相手でも、一歩も譲る気がないことは明白だ。

「私は問題のレシートを発行した量販店に行って確認しましたが、残念ながら防犯カメラはありませんでした。しかし、あのレシートは、キッチンの引出しの中のメモ帳に挟まれていたのを、私もこの目で確認していますがね。もし治重さんに買い物のレシートを残しておく習慣があったのなら、レシート類はまとめて保管しているのがふつうではないでしょうか？　ですがメモ帳は

もちろんのこと、引出しにもタンスにも、レシートはあれ一枚しかありませんでした。実をいいますと、このこれ見よがしな証拠物件の出現が、私が違和感を抱いたもう一つの原因だったわけでしてね」

思わぬ反撃を受け、

「それは……」

不覚にも言葉が詰まった指揮官に、

「しかも、それだけではありません」

敵はさらに強烈な追い打ちをかけてくる。

「むしろもっと注目すべきなのは、あの買ったばかりの出刃包丁を、治重さんがケースから取り出した形跡がないことでしょう」

「といいますと？」

「文字どおり、治重さん自身がケースから包丁を取り出したとは認められない、ということですね。これは大きな問題です」

「ですが、治重さんが自分でケースから包丁を取り出したかどうか、そんなことが第三者に分かるわけがないじゃないですか」

ここで槙村が疑問を呈したが、これはどうやら敵の策略にまんまと嵌まったらしい。

「いや、簡単なことですよ」

岸上はにんまりとした。

「私はあの量販店で、まったく同じ出刃包丁を買ってみましたがね。プロの料理人が使うような高級品は別として、家庭用の包丁はどれも大量生産で値段も安いこと。そして昔のように大仰な木箱ではなく、簡易なプラスチックのケースに入れて売られていることが分かりました。

ということはつまり、包丁全体がケースの外から丸見えなのですね。銃砲刀剣類所持等取締法――いわゆる銃刀法で、刃体の長さが六センチを超える刃物の携帯が禁止されている一方で、未成年者でも強盗犯でも、量販店やスーパーで簡単に出刃包丁を買うことができる。法律というのはつくづくおかしなものです。

ま、それはともかくとして、私が気になったのは、そのプラスチックケースの行方でした。なぜならあの日、私が東伊野原署の方々とあの家のごみ箱を点検したときには、プラスチックごみはもちろん、生ごみやほかの分別ごみの中にも、出刃包丁のケースは見当たらなかったからです。

ご存じのとおり、ごみの収集は曜日で決められているのですが、あそこの地域では、生ごみは毎週火曜日と金曜日、プラスチックごみや資源ごみは水曜日なのですね。事件が起きたのは月曜日で、出刃包丁のレシートの日付はその前日の日曜日ですから、治重さんが本当に自分でケースから中身を取り出したのであれば、空のケースがまだ残っていないとおかしいのです。

治重さんは几帳面な性格で、ごみ容器はどれもきちんと管理されていましたが、なにせ男のひとり暮らしです。ごみの量はわずかなもので、もしそこに出刃包丁のケースがあったなら、見落とすことはぜったいにあり得ません。

もっとも、包丁のケースは捨てないで取っておいたことも考えられるでしょう。これから自殺するにしては矛盾した行動ですが、歳をとると、誰でも物惜しみをするものです。けれども、私も署員の方々も、あのときは遺書を探して家中を探索しています。それでも、プラスチックケースはおろか、量販店がくれる手提げ袋も見つからなかったのです。

　そこから推し測れば、あの出刃包丁がプラスチックケースから取り出されたのは、治重さんの自宅ではなかったことになります。となると、それはいったい何を意味しているのでしょうか？」

　岸上はここで口をつぐんだが、槙村は無言で先を促した。

　さすがはあの治重の盟友だけのことはある。この男のやることに抜かりなどありっこないのだ——。否応なく思い知らされる。

　頭から心中事件と決めつけ、通常の捜査を怠った部下にも問題はあるが、どうやら自分はベテラン弁護士を甘く見過ぎていたようだ。まだ完全に納得してはいないものの、この男の言葉には耳を傾けた方がいい。刑事の本能がそう告げている。

「結論から申し上げますと、治重さんには、あの日、あんな形で、橙子さんと心中する気は毛頭なかったということです」

　岸上弁護士の弁舌は、さながら刑事法廷での弁護人の最終弁論だ。

「犯行に使われた出刃包丁は、事件の前日に橙子さんが購入し、おそらくは楡邸で中身だけを取り出したに違いありません。布にでも巻いてバッグに入れ、治重さん宅に持ち込んだものと思われます」

そんな槙村の内心を知ってか知らずか、岸上の表情に目に見える変化はない。

「今回の悲劇は、仮釈放で出所して来た治重さんが橙子さんに協力を求め、四十二年前の事件の真相を解き明かそうとしたことに始まりました。そして治重さんは、真実に到達したばかりに真犯人である橙子さんに殺されたわけですが、その橙子さんにしても、治重さんを抹殺して自分だけのうのうと生き延びるつもりはなかったのですね。

たとえ表面的には治重さんが赦したとしても、彼女にとって、愛する男の無言の非難を感じながら生きることは耐えがたかったはずです。また彼女自身、その治重さんを殺害するについて、良心の呵責がなかったとは思えません。

このたび自殺するにあたって、橙子さんが治重さんからの書簡を廃棄することなく、そっくりそのまま残しておいたのは、一連の行為が彼女なりの贖罪《しょくざい》だったなによりの証拠でしょう。

そう考えれば、彼らが別々の場所で死んだことも、橙子さんが治重さんよりあとに死んだことも――、そしてあの誠実で律義な治重さんが、私に別れの言葉一つ残さずに逝ったことも、すべてが腑に落ちるのです」

「つまり、あれは橙子さんによる無理心中だったということですね？」

槙村の合いの手は、警察が早くも白旗を揚げたに等しかったが、

「私は少し違うと思いますね」

岸上は静かに首を横に振った。

「無理心中の定義にもよりますが、無理心中とは、相手が幼児であるとか、そうでなくても心中

相手の同意を得られない場合に、相手を殺害して無理やり道連れにするものです。いずれにしても、自分が相手を殺した事実を隠す意図はないので、出刃包丁のレシートをメモ帳に挟んでおくような、姑息な小細工はそもそも必要がありません。

それからすれば、今回の件は紛れもない殺人というべきで、犯人が犯行後に自殺をしたケースと同一に考えられるでしょう」

「なるほど。そうかもしれませんな」

頭では理解していても、槙村の口は重い。

「とはいいましてもね。いま私が申し上げたことは、あくまでも一つの仮説に過ぎません。いわれるまでもなく、証拠といえるものは何もない――。それは承知しています。けれど本格的に捜査を進め、証拠をそろえることは、とても一介の弁護士の手に負えるものではありません。これもまた事実です。

そこで私としては、ぜひとも警察に動いていただきたい。とりわけお願いしたいことは、楡邸内のごみの捜索です。釈迦に説法でしょうが、ごみというものはなかなか侮れない証拠物の宝庫ですからね。何が埋もれているか分かりません。

私には治重さんの名誉を回復させる義務があります。私は今日、そのために刑事課長に直接陳情に参ったしだいなのです」

気がつけば、老弁護士の口元にはしたたかな笑みが浮かんでいる。

「ちなみに私が調べたところですと、楡邸の地域では、生ごみの収集が月曜日と木曜日、それ以外のごみは火曜日だそうです」
槙村が完敗した瞬間だった。

ひとたび心が決まればやることは速い。槙村はただちに行動を開始した。治重の死は単純な心中自殺ではなく、心中を偽装した殺人の疑いがある——。刑事課長の突然の変心は周囲を驚かせるに充分だったが、その指示の的確さもまた並み居る刑事の目を瞠《みは》らせるものだった。

なんと楡邸のごみ容器の中から、犯行に使われた出刃包丁のプラスチックケースに加え、当該出刃包丁を販売した量販店の手提げ袋が見つかったのである。

そのどちらからも橙子の指紋が検出されているが、肝心の治重の指紋はない。これはもう、岸上の仮説を裏づける決定的な証拠だといっていい。老弁護士の慧眼《けいがん》に、槙村はひそかに舌を巻いた。

他方、凶器となった出刃包丁からは治重本人の指紋だけが検出されている。橙子の指紋は一つもない。ということは、橙子は手袋をして治重の手首を切ったあと、包丁に被害者の指紋を付着させたのだと推定される。

治重の家で見つかった出刃包丁のレシートも同様で、検出されたのは治重の指紋だけ。治重でも橙子でもない第三者の指紋は、量販店の店員のものだと考えていいだろう。

ちなみに、橙子が自殺に使用した出刃包丁からは、本人以外の指紋が検出されなかったことはいうまでもない。

大のミステリー好きだったという橙子は、警察が一抹の疑いを持つ場合に備えたに違いない。指紋についてはさすがに慎重を期したものの、包丁のケースや手提げ袋の処理にまでは頭が回らなかったわけである。

そりゃそうだろう。なにしろ自分だって、岸上に指摘されるまで、そんなことにはまるで思い至らなかったのだから——。槙村は納得した。

決めつけとは恐ろしいもので、いったん自殺と結論が出てしまうと、ベテラン警察官といえども、その固定観念から脱却することはむずかしい。

そういう目で本件を見直すと、橙子が治重との往復書簡をあえて残して逝ったのは、贖罪や良心の呵責とは無縁の彼女なりの策略だったのではないか？　槙村は、この期におよんでようやく橙子の真意を探り当てた気がした。

あの五通の書簡を読めば、ふたりの行き着く先が心中だったことに疑問を持つ者はいない。それこそが橙子の狙いだったことになる。

その翌日、槙村はじっくりと楡邸を見分した。

刑事課長が自ら現場に足を運ぶ——。あまり例がないことだといっていい。

自分たちの初動のミスをビシバシ指摘されるのではないか？　邸内の案内を仰せつかった巡査部長の緊張ぶりは、見ていて気の毒になるほどだ。それだけこの事件が特殊だということだが、槙村は正直、犯人が自決をした現場に興味はない。

姉を殺し、甥を殺し、夫を殺し、なおかつ四十二年の歳月を跨《また》いで、ひとりの男を翻弄し尽くした稀代の悪女――楡橙子という女を育んだのはどんな家なのか？　自分の目で確認したい気持ちが強かったのである。

豪壮な幽霊屋敷。栄光の残骸。女の情念が渦巻く生ける墓場――。槙村が漠然と抱いていた楡邸のイメージは、しかし現実の前にあっさりとくつがえされる結果となった。

地味で内向的だった分、〈家〉への愛着は強かったのだろう。外観こそすっかり古びてあちこちに傷みが見られるものの、内部は決して荒れ果ててはいない。橙子が愛した楡邸は隅々まで掃除が行き届き、屋敷も庭も小ざっぱりと保たれていた。

かの毒殺事件の舞台となったダイニングルームも、飾り暖炉や食器棚、そして古めかしい円形のテーブルと椅子が当時のままの姿で残っている。

ドラマでよく見られる旧華族や大金持ちのお屋敷を彷彿させる佇まい――。そのレトロでどこかちぐはぐな和洋折衷は、昔のことなど何も知らない槙村にも郷愁を誘うものがある。

もっとも食器棚の中は、白地に藍の模様が描かれた国産品のティーセットがひと組だけ。それも、もう二度と使われることはないのではないか。楡家殺人事件の主役となった問題のコーヒーカップはどこにも見当たらない。

それにしても、この広い屋敷にたったひとり。自分が殺した家族の幻影に怯えながら日夜過ごす恐怖は、いったいどれほどのものだったろうか？

近隣住民への聞き込み捜査により、最後の書簡を投函したのち、治重は少なくとも二度、楡邸を訪れた事実が判明している。

タクシーから降り立った橙子と治重が肩を並べて楡邸の門をくぐるさまを、隣人夫婦が目撃しているほか、散歩の帰り道だろうか。ふたり仲よく自動販売機で飲み物を買っているところを見た者もいる。

そうだとすれば、治重の最後の書簡が投函されて以降の一ヵ月あまり。ふたりがこのダイニングルームでお茶をしたこともあったはずで、最終的には治重が橙子を赦していたことは疑いがないだろう。

それでもなお橙子の殺意を駆り立てたものがあったとすれば、それはこれまで彼女が耐えてきた〈孤独〉という名の恐怖ではなかったか？

愛する治重と一緒に旅立つこと——。それが橙子の最後の願いだったに違いない。

「ほかにどこをご覧になりますか？」

直立不動の巡査部長を待たせたまま、槙村はいつまでもその場に佇んでいた。

白鳥の歌

故楡治重の弁護人・岸上義之のもとに一通のぶ厚い封書が届いたのは、治重が亡くなって二ヵ月あまりが経過したある日のことだった。

しっかり糊付けされたその封筒の差出人名義は楡治重。前日付の消印があり、それも福水市ではなく東京で投函されたらしい。

さんざんマスコミを賑わした偽装心中事件がようやく一段落し、楡橙子に殺害された治重が、殺人犯どころか実は冤罪被害者であった事実も広く世間に認知される結果となっている。

むろんそれには、ふたりが残した件の往復書簡が――一部を黒塗りにしてはいるものの――公開されたことが効いていることはいうまでもない。

〈災い転じて福となす〉のことわざではないが、曲がりなりにも治重の無念を晴らすことができ、これで自分も心おきなく本来の仕事に戻れる――。やっと落ち着きを取り戻した矢先の出来事だった。

一瞬、我が目を疑った岸上だが、死者の名を騙ったイタズラでないことは明白で、橙子に宛てた三通の書簡と同じブルーブラックのインク、愛用の万年筆でかっちりと記された端正な文字は、見間違えようもない治重の筆跡である。

だとしても、死んだ人間が生き返るはずもない。

これはおそらく、自らの死を覚悟した治重が、弁護人兼親友への最後のメッセージを知人の誰かに託したのではないだろうか？　岸上は胸の高鳴りを覚えずにはいられなかった。

やはり治重は自分をないがしろにしたわけではなかったのだ――。深い安堵と納得。感慨に胸が締めつけられると同時に、岸上の心臓は早鐘と化している。

鋏で封を切る間ももどかしく、彼は幾枚も重ねられた便箋の束を取り出した。

はたして、縦書きの罫線がついた昔ながらの白い便箋は、あの見慣れた細かな文字でびっしりと埋まっている。

岸上は一つ深呼吸をして息を整えると、治重からの最後の書簡を読み始めた。

*

岸上義之様

君がこの手紙を読むときには、僕はもうこの世にはいません。

たぶん君が推察しているであろうとおり、僕はある信頼できる人物に本書の投函を依頼しました。

もし近日中に僕が命を落とすようなことがあったら、その二ヵ月後にこの封筒をポストに入れてほしいと――。そして、いま君がこうしてこれを読んでいるということは、その人物が忠実に約束をはたしてくれたことを意味しています。

半世紀以上の長きにわたり、厚い信頼と友情で僕を支えてくれた君と別れの言葉も交わせなかったこと、本当に残念でなりません。

しかし、僕という人間を誰よりもよく知っている君であれば、そこには何かよんどころない事情があったのではないか。きっと疑問を抱いたはずです。

僕は、一つにはその疑問に答えるため、そしてもう一つには、やはり君にだけは真実を知ってほしくて、この手紙をしたためる決意をしました。

ただし、僕がこれから話すことは、おそらく君の理解や共感を得られないばかりか、僕自身にとっても耐えがたい苦痛を伴うものです。

僕が犯した罪については、どのような非難も甘んじて受ける覚悟ですが、僕が君への感謝と敬愛の念を失ったことは一度もないこと。どうか、その点だけは誤解しないでください。

これは僕なりの白鳥の歌のつもりです。

むろん、君がこよなく愛していたシューベルトのあの〈白鳥の歌〉とは似ても似つかない代物ではあります。けれど、最初の一歩を踏み誤ったばかりに人生の大半を塀の中で費やした男の、これが最後の心の叫びであることには違いないのですから。

顧みれば、僕の戦いは忘れもしない四十二年前、心にもない自首をするために、君とふたりで東伊野原署に出頭したあの日から始まりました。

死刑判決――。あのとき、僕たちはその圧倒的な恐怖に捉えられ、そこから先を冷静に見通す余裕がありませんでした。

何が正しくて、何が正しくないのか。過去の行動は、そのときどきの状況やその場その場での感情を抜きには語れないものです。あの作戦がはたして最善の策だったのかどうか、簡単に答えが出るはずもありません。

けれど、いま冷静に分析しても、当時の刑事裁判の傾向を直視するなら、あえて罪を認めて自首をするという選択があながち無謀だったとはいいきれないでしょう。何はともあれ僕は死刑にはならず、いまこの瞬間もこうして生きているからです。

とりあえず無期懲役の判決を確定させ、その後は再審請求に全力を尽くす。それが僕たちのとった作戦でした。

そして君はその言葉のとおり、生涯をかけて僕のために戦い続けてくれました。その意味で、僕たちは間違いなく一心同体だったといえると思います。

けれど、現実は想像以上に厳しいものです。年月を経るにつれ、塀の中の人間と塀の外の人間とでは、認識や心境に微妙な差が出てくることは避けられません。

再審請求がいかに高い壁であるか。そして、ひとたび犯罪者の烙印を押された人間がそのイメージを払拭することがどれほど困難なものか。いやというほど思い知らされた僕は、しだいに君とは別のある決意を胸に秘めるようになったのです。

君の目的が僕の無実を晴らすことにあるとすれば、僕の目的は真犯人を探し出すことにある。これは一見すると同じことに思えますが、実はまるきり性格が異なるものです。防衛と復讐の差とでもいったらいいでしょうか。

自分の潔白を証明するより、真犯人を突き出したい。僕を陥れ、僕の一生をメチャメチャにしたやつが死刑になるまでは、死んでも死にきれない――。その執念が僕の生きるよすがになったといっても過言ではありません。

それにしても……。この期におよんでもなお日本の司法を信じていた僕は、どれほど愚か者だったのでしょうか。自分で自分を嗤うばかりです。

そんな僕を覚醒させた出来事はほかでもありません。事件発生から十五年後、当時の法律により楡家殺人事件の公訴時効が成立したことでした。殺人罪の公訴時効期間がたったの十五年――。初めから分かっていたこととはいえ、それが現実となったショックはたとえようもないものでした。

こうなったら、僕が真犯人を突き止めたところでなんになるでしょう。もはや国はそいつを処罰してはくれません。たとえ僕自身は再審で無罪になったとしても、僕の心の傷が癒される日は永久に訪れないのです。

となれば自分で復讐をするしか道はない。決意がさらに深まったのは当然ですが、いうまでもなく、僕が自力で復讐を遂げるには大きな障壁が立ちはだかっていました。

その最たるものは、僕が現に服役中の受刑者だという事実で、何はともあれ、刑務所から出られないことには話になりません。

かといって、その実現が容易でないことはもちろんです。

世間では、重大な罪を犯した無期懲役の囚人も、何年か服役すれば仮釈放で簡単にシャバに舞い戻って来る――。なぜかそんな風説が広まっていて、かくいう僕たちも、初めのうちは同様の印象を持っていたわけですが、実際の運用を知ってみると、そのハードルは想像以上に高いものがありました。

現実を知れば知るほど、絶望的になっていく自分がいます。このまま塀の中で朽ち果てるしかないのか……。ともすれば折れそうになる心を支えていたものは、何度殺しても飽き足りないと思えるほどの、犯人に対する憎悪にほかなりませんでした。

とはいっても、人生はよくしたものです。悪いことばかりではない証拠に、肝心の真犯人探しに関しては、僕は着々と成果を上げつつありました。

それというのも、あのはてしなく単調な刑務所生活の中で、僕は与えられた自由時間の大部分をこの問題に費やしていたからで、判例の研究はもちろんのこと、各種犯罪に関する新聞・雑誌の報道記事から古今東西のあらゆる犯罪小説まで、手当たりしだいに読破していたことは、君もよく知っているところです。

なにしろ、僕には時間だけは潤沢にありました。その意味では、雑用にも雑念にも煩わされない服役生活ほど、ものを考えるのに適した環境はないでしょう。

そしてまじめな話、判例よりも過去の犯罪よりもはるかにずっと役に立ったのが、実は推理小説から得た知識だったといったら、君はなんというでしょうか。

もっとも、それは決して偶然ではありません。そこには、あの事件の犯人が熱烈な推理小説愛好家だったという特殊な事情が存在しました。その意味で、あの楡家殺人事件はそもそもの出発点から、りっぱに推理小説が成立する要素を備えていたのです。

この事件はたんなる物欲や怨恨の発露ではなく、策士が策を弄して練り上げた一つの作品なのではないか——。そこに思い至ったとき、道は開かれました。

あの日、あの空間で犯行が可能だった人物、そして実行可能だった方法はかぎられています。

僕の上着のポケットに毒入りチョコの包み紙の切れ端を忍び込ませたのは誰なのか。先入観や決めつけを排し、あらゆる可能性を一つ一つじっくりと検討していけば、最後に唯一無二の真相が浮かび上がるのは時間の問題でした。

それは忘れもしない、あの公訴時効の成立から七年後のことで、自分で導いた結論にもかかわらず、あまりの衝撃に言葉もでない——。僕は一日中ガタガタと震えが止まらなかったものです。

では、その真相とはどんなものだったのでしょうか。賢明な君は、もうとっくにその答えを知っていることと思います。

なぜなら、橙子と僕の心中事件のあと、君は当然ながら事件現場に赴き、橙子と僕が取り交わした計五通の手紙に目を通したはずだからです。

いうまでもなく、あの往復書簡は僕たちの遺書といえるものでした。あれを読めば、四十二年前の事件の真相を始め、僕たちがなぜいまふたりして死ぬことになったのか、事情を知らない第三者にもその理由がよく分かることでしょう。

とはいえ、もちろん目に見えるものが真実とはかぎりません。そこには、実は少々込み入った話があるのですが、それはのちほどゆっくり説明するとして、とりあえずはそこでの僕たちのやり取り——、中でも、僕から橙子に宛てた十一月四日付の手紙を思い出してもらえるでしょうか。

僕はあの最後の手紙の中で、橙子こそが僕を陥れた楡家殺人事件の首謀者であり、実行犯であることを指摘しました。

そして、僕のその推理の中核をなしたものが、橙子と庸平さんがあざやかな連携プレーを見せたあの上着のすり替えトリックであることはいうまでもないのですが、それが正鵠《せいこく》を射ていることを、僕はいまでもみじんも疑っていません。

むろん、証拠はありません。でもそう考えれば、動機といい、犯行の実行可能性といい、その後庸平さんが不慮の死を遂げたことといい、あらゆることが矛盾なく説明できるのです。これほど説得力のある仮説があり得るでしょうか。

よく考えてみれば、僕がこんな単純なトリックを見逃していたのも、あの橙子がよりによって庸平さんと共謀するわけがない——。そんな思い込みが原因でした。

日ごろから疎んじ、軽く見ている夫だからこそ、便利な道具になり得ること。そこに頭が回らなかったのは、僕の未熟さゆえだといわれてもしかたありません。推理には柔軟な思考がいかにたいせつか、僕はいやというほど思い知ることになりました。

こうして、事件発生から二十二年後、僕はついに真犯人を突き止めたわけですが、当然ながら、それは終わりではありません。問題はそこから先でした。

僕は何をすべきで、また何ができるのか――。容易に答えが見つかるはずもないでしょう。僕はふたたび頭を抱えることになったのです。

もっとも、誤解のないようにいっておくと、僕は、彼女を赦すべきかどうかで悩んだのではありません。たとえその動機が僕への愛であろうが、彼女の行為が人の道からはずれていることは明らかです。

僕は澤子や芳雄を愛してはいなかったかもしれませんが、だからといって憎んでもいませんでした。その澤子に殺人者の濡れぎぬを着せ、僕の憎悪を煽り、それによって自分への愛を万全のものとする――。橙子の発想には吐き気を催すばかりです。

なんの罪もないふたりの無念を晴らすためにも、彼女を赦すことはできません。

いや、もう、そんなきれいごとをいうのは止しましょう。

僕はふつふつと煮えたぎる橙子への怒り――僕を苦しめ、破滅させた女への自分自身の憎悪を糧に、僕の残りの全人生を彼女への復讐に捧げることにしたのです。

そうはいっても、すでに公訴時効が成立して国家権力に頼れない以上、仮に僕が自由の身になったとしても、それが容易ではないことは分かりきっていました。あたりまえのことながら、復讐はただ相手を殺せばいいというものではないからです。

彼女に犯行を認めさせ、それを公に告白させ、その罪を死をもって償わせる——。理想の復讐をいくら思い描いたところで、実現可能性はまた別の話です。あのしたたかな女がすなおに罪を認めるとはとても思えません。

となれば、次善の策を講じることが求められます。

本人の同意を得ずとも、あの楡家殺人事件で橙子が犯した罪を広く世に知らしめ、僕の名誉を回復させ、そのうえで、僕が疑われることなく彼女に死の鉄槌《てっつい》を下すにはどうしたらよいか——。どうか笑わないでください。

思案をめぐらせた末に辿り着いた結論は、やはりここは、古今東西のあまたの推理小説を彩った知力抜群の犯人たちが行ってきたように、僕もまた自分で創意工夫を凝らすしか方法はないということでした。

僕にとって唯一の味方である君に相談すべきかどうか。

正直に告白すれば、それもまた僕の選択肢にはありませんでした。現役の弁護士である君を、僕の個人的な復讐計画に巻き込むのは論外というものです。

いずれにしても、塀の中にいるうちは行動できません。いまできることは、雌伏《しふく》してときの至るを待つ——。それしかありません。

幸いにして、僕には構想を練る時間がたっぷりありました。橙子が無類の推理小説マニアであること。そして、僕が彼女にあの事件の真相究明への協力を持ちかければ、彼女は飛びついて来るであろうこと――。僕はそこに的を絞ったのです。

やがて僕の頭の中に描かれた復讐の青写真は、ときの経過につれてしだいに明確な色彩を帯び、もはやこれ以上の完成度はないと思えるまでに成長を遂げました。

あとは実行あるのみ。ひたすら機会の到来を祈る姿に、天も憐れを催したのでしょうか。最後の最後、ほとんど諦めかけたときに奇跡は起きました。なんと仮釈放が実現したのです。

いうまでもなく、その背景には君の献身的な努力があったわけですが、僕の健康状態がそのあと押しをしたことは否定できないところでしょう。僕がこのタイミングで不治の病に冒されたことも、思えば天の配剤であったと感謝せずにはいられません。

このチャンスを生かさないでどうする。シャバに戻った僕は、さっそく計画の実行にとりかかったのです。

それは彼女に手紙を送ることから始まりました。

当分はたがいに顔を合わせることなく、手紙のやり取りだけで事態を進行させる。これは計画を遂行するうえでの絶対条件でした。

手紙を利用すること自体がすでに一つのトリックである。僕の犯行計画をひと言で表現すれば、そうなるでしょうか。

橙子と僕の間で取り交わされる手紙――。狙いは彼女から必要な情報を引き出すことだけではありません。のちのち登場するはずの警察のために、ふたりの対話を確実に残しておくことも重要な役割で、それには愛し合う男女の往復書簡ほどふさわしいものはないでしょう。

その対話の中で、ごく自然な形で橙子という女の所業を浮き彫りにするにはどうしたらよいか――。僕は周到な作戦を立てていました。

その骨子はもうお分かりですね。勝負の場を相手の得意分野に持ち込むこと。すなわち、彼女を推理の世界に引きずり込み、その思考と行動の過程を彼女自身に語らせること。敵をその気にさせるにはそれに尽きます。

もちろん、彼女が真実を語るとはかぎりません。というより、肝心な場面では嘘を吐くに決まっています。それでも、人間は元来がしゃべりたがる動物です。多くを語るうちには、おのずと本音があぶり出されてくるに違いありません。

もっとも、四十二年前のあの事件の真相を知りたい――。それを口実に推理合戦を仕掛けるからには、こちらもそれらしい推理をしてみせる必要があります。

僕はない知恵を絞り、鋭意課題に取り組みました。

君がたぶん苦笑したであろうあの水飴を使ったトリックも、その輝かしい成果の一つというわけです。その兵藤犯人説が彼女によって論破されることも、もとより計算のうちで、思えば僕もずいぶんと性悪になったものですね。

なにはともあれ、こうして十月十日付の最初の手紙は無事橙子のもとに届きました。

当然のことながら、そこに書かれているのは事件のことばかりではありません。橙子との出会いに始まり、僕があえて自首をした理由と、その代償として甘受せざるを得なかった四十一年間の服役生活。

彼女の同情と歓心を買い、なおかつ僕の行動を万人に納得させるには、それなりに合理的な説明が求められましょう。すべては橙子と僕が愛し合ったことに始まった――。メロドラマそこのけの純愛物語が描かれた所以《ゆえん》です。

唯一の不安要素は僕の手紙が彼女に無視されること。つまりは梨の礫になることでしたが、幸いなことにそれは杞憂に終わりました。

待ちに待った橙子からの返信――すなわち十月十五日付の手紙が届いたのは、翌十月十六日のことになります。

そのぶ厚い封筒を目にした瞬間、僕は作戦の成功を予感しましたが、その中身もまた期待した以上に濃く熱いものでした。

思いもかけず僕からの手紙が届いた喜びと、そこに至るまでに彼女が嘗《な》めた辛酸の数々。そして夫を亡くし、親きょうだいを亡くし、世捨て人同然の老女となってもなお連綿と続く僕への恋心。

この年月、僕の愛を信じることができないまま、彼女は彼女なりに苦しんでいたものと思われます。世間的には罪人にほかならない僕を、すぐにでも楡家の当主として迎え入れようとするその心根は、正直、恩讐を超えて胸に沁みるものがありました。

これまでの鬱積をいっきに吐き出したかのようなあの手紙の中で、彼女はまた、自分自身を含めた楡家の女たちの受難についても語っています。

そのうちのいくつかのエピソードは、実は僕も初めて聞く話でしたが、人もうらやむ身分だと思われていた澤子や橙子や千華子さんが、当時まだ根強く残っていた古い家族制度のもとで、どれほど人権を蹂躙《じゅうりん》されていたか――。いまさらながら、慄然《りつぜん》とせずにはいられません。

橙子が実の姉を殺害したことも、罪のない甥を手にかけたことも、その背景にそんな屈折した心理があったとすれば、同情の余地がないわけではないのかもしれません。

そして、自分では意識していなかったにせよ、僕も彼女たちを苦しめていた男どもの一員でした。もっともその僕自身が、伊一郎氏にとっては、たんなる使い捨ての道具に過ぎなかったのですから、何をかいわんやとはこのことです。

僕も橙子も、その意味では似たようなものだったのでしょう。

とはいうものの、だから僕が橙子を赦せるかといえば、それはまた違う話になります。そのまま計画を進めることに、僕はなんの迷いもありませんでした。

僕が仕掛けた餌――兵藤犯人説にまんまと食いついた彼女は、得々としてその欠陥を指摘したあと、返す刀で、例の澤子自作自演説をぶち上げてきました。

死んだ澤子に罪を被せ、僕を窮地から救い出すことによって、僕らの愛を名実ともに完璧なものにする――。四十二年前に功を奏するはずだった作戦が、ここに来てようやく日の目を見るというわけです。

しかも、彼女はそれだけでは満足しませんでした。

犯人は澤子お姉様その人だった。

治重お義兄様。あなたはとっくの昔に、この結論に到達していらっしゃったのですね。そしてそれと同時に、あなたは、妻をそこまで追い込んだ張本人がほかならぬご自分であることを自覚されたのではないでしょうか。


僕が妻を庇っているといい募ることで、自分への愛の深さを測るつもりなのでしょうか。彼女は執拗なまでに僕を責め立てています。

しかし、そんな駆け引きに興じる余裕は僕にはありません。向こうがそう来るなら、こちらはそれを利用するだけのこと。

橙子からの返信を手に入れた僕は、すかさず次の手を打つことにしました。


十月二十二日付の二通目の手紙は、こうして橙子のもとに届くことになりました。

策略と欺瞞。我ながら狡猾なやり口だと認めないわけにはいきません。愚直といえるほどにまっすぐな心を持った君は、僕の告白に眉をひそめることでしょうが……。

今回の手紙の眼目は大きく分けて二つありました。

その一つは、橙子が提唱した澤子自作自演説を完璧に否定することです。

僕の上着のポケットに銀紙の切れ端を仕込んだのは澤子であり、澤子こそが僕を陥れた張本人であると吹き込むことにより、僕の心を自分に振り向けさせる――。そんな手口は通用しないのだと、彼女に思い知らさねばなりません。

そのためには橙子の仮説を完膚なきまで打ち砕く必要があるのですが、実は僕には、これ以上は望めないほどの強力な隠し玉がありました。

あの日、芳雄がこぼしたジュースを拭き取ってやろうと、僕が上着のポケットをまさぐったこと――。それは紛れもない事実で嘘でもなんでもありません。

これは澤子の名誉にとってはもちろんですが、僕自身にとっても、真相を究明するうえでの大きな僥倖だったといえるでしょう。

そしてもう一つは、僕が新たに捻り出した第二の仮説――すなわち庸平さん・佐倉・スミエさんの三者共犯説――を正面から打ち出すことで、これはもう説明するまでもありませんね。

なんと庸平さんが真犯人だったとなれば、橙子としてもなんらかのリアクションを示さないわけにはいきません。

僕が犯人である澤子を庇っているのは、澤子が僕の妻だからだ。十月十五日付の最初の手紙で、橙子はそういって僕を非難しました。

そこで僕は、橙子が庸平さんを庇っているのは、庸平さんが彼女の夫だからだ。そっくり同じ言葉を返すことにより、彼女が抱えている重大な秘密――つまり庸平さんの転落死は事故でも自殺でもなく、巧妙な策略による実質的な殺人であったことを、彼女自身に告白させる戦術に出たのです。

結論からいえば、この作戦は大当たりでした。僕の愛情を失うことを懼れた彼女は、焦るあまりに、進んで夫殺しの顚末《てんまつ》を白状する羽目になったからです。

橙子の行為が厳密な意味で殺人の実行行為に当たるかどうかは、このさい問題ではありません。彼女が庸平さん殺害を企んだという事実こそが、どんな証拠よりも強力に僕の推理を裏づける――。僕がひそかに勝利を確信したことはいうまでもありません。

僕の目的はただ一つ。僕から人生を奪った人間に、それ相応の報いを受けさせることに尽きます。その目的を果たすために、準備は着々と整いつつありました。

橙子の反応に大きな手応えを摑んだ僕は、いよいよ最後の勝負に打って出ることにしたのです。


十一月四日付の僕の最後の手紙は、あらゆる意味で今回の計画の中核となるものでした。

僕の予想が正しければ、君も当然それを読んでいるはずですから、ここで詳細を述べることはしませんが、僕はその中で、最終的に到達した自分の仮説を正面から橙子にぶつけています。

もちろん細部には誤りもあるでしょうし、彼女からの猛反発も予想されるところですが、大筋では当を得ている確信が僕にはありました。冤罪被害者から真犯人への告発状――。誰の目にも、それは明らかでしょう。

けれど本音をいえば、僕の狙いはそれだけではありません。全幅の信頼を寄せていた最愛の女性が、実は自分を窮地に陥れた張本人だった――。この衝撃的な事実を受け止めかね、動揺し、混乱している僕の赤裸々な姿を強調することも、この手紙の重要な要素になっていました。

たとえ僕が最終的には橙子を赦したとしても、彼女が犯した罪が消えるものではありません。もし何も知らない第三者がこれを読めば、当の相手に真相を看破された橙子が平然としていられるはずがないと考えるに決まっています。内心忸怩《じくじ》たる思いに苛まれない方がおかしい――。大多数の人は、その葛藤に耐えかねて、橙子が心中という結論を出したことに納得するのではないでしょうか。

そして、僕の意図したところもまさにそこだったわけです。

僕は最初から、彼女とともに死ぬ覚悟を固めていました。僕が余命幾ばくもない身体であることは君も知っているとおりですが、これは、生への執着に邪魔されることなく計画を遂行できるよう、神様が手助けをしてくれたとしか思えません。

老いさらばえた殺人犯と生き残りの寡婦が決行した遠隔心中。あとにはふたりの往復書簡が残されていたとなれば、これほどスキャンダラスな事件もないでしょう。そこから先の展開は見えています。

僕は自信を持って計画を実行に移したのです。

嘘だと思うなら、あのとびっきり優秀で、けれど固定観念から一歩も踏み出せない日本の警察が、僕たちの心中事件にどんな反応を示したか。そして、その後どんな展開が彼らを待ち受けていたか、一ついい当ててみせましょうか。

たぶん、僕の予言は当たらずといえども遠からずのはずです。

僕がいうことではありませんが、所轄の警察にとって、仮釈放中の殺人犯の自殺はさぞやショックだったと思われます。そしてこれ見よがしに残されていた五通の手紙。とりわけ十一月四日付の最後の手紙が、青天の霹靂だったことは想像にかたくありません。

不名誉きわまりない冤罪事件の発覚――。なにしろ天下の極悪人だったはずの僕が、実は最大の被害者だった可能性が出てきたのです。

いくら死刑を回避するためだったとはいえ、やってもいない罪を進んで自白した責任は免れない。それは正論にしても、当の捜査陣が堂々とそれを免罪符にするわけにもいきますまい。

それでも、これが不当判決への抗議ではなく覚悟の情死だったことは、彼らにとって不幸中の幸いだったことでしょう。

心中――すなわち自殺なら、警察の関与は必要最小限で事足ります。そもそも自殺は犯罪ではないのですから、遺書を公表する必要はありませんし、そうであれば、四十二年前の捜査陣の失態が公になる心配も無用です。

さらに好都合だったのは、死んだ橙子にも僕にも法定相続人がいないことでした。それどころか、日ごろ交流のある親戚や知人も皆無というありさまで、それは取りも直さず、僕の身元引受人である君と話がつきさえすれば、あの往復書簡の存在を事実上無視できることを意味しています。

そう、君さえ納得してくれたなら……。

警察のそんな目算がはずれたのは、彼らが君の能力を見くびっていたからにほかなりません。

君は持ち前の鋭い観察眼を生かし、凶器として使われた出刃包丁のパッケージの行方を足掛かりに推理を積み重ね、僕の死が本当は自殺ではなく、心中を偽装した殺人であったことを看破したはずです。

犯人は橙子――。そうとなれば、黙っている君ではありません。その行動力でさっそく警察と掛け合い、難なく彼らを論破したことでしょう。そして君の指摘のとおり、楡邸のごみ箱から動かぬ証拠が出現します。

こうなったら、警察も覚悟を決めるしかありません。へたに隠蔽しようものなら、事態がますます悪化することは目に見えているからです。

姉を殺し、甥を殺し、夫を殺し、恋人を殺す。楡橙子は稀代の悪女だった――。彼らは否応なく、あの往復書簡に書かれている僕の仮説を、事実として追認する羽目になったと思われます。

こうして君は、僕を殺害した犯人として橙子を告発すると同時に、四十二年前の僕の無実を晴らすことにも成功しました。

およそ弁護人として、これ以上の栄誉はありません。当初目指した形とは異なるものの、僕らの悲願はついに達成されたことになります。これを喜ばずにいられましょうか。君は心から安堵の吐息を漏らしたはずです。

それはそうだとしても……。君のいいたいことは分かります。

すべては僕が計画したものだった――。先ほどからの思わせぶりな言い草に、

「おまえはいったい何をいっているのか」

君はいま苛立ちを隠せないのではありませんか。

むざむざ橙子の凶刃に倒れたはずの僕が、なぜ事前にその結果を見通していたのか。そして、なぜいまこの手紙で得々とその話をしているのか。

不審に思うのは当然です。

では、正直にいいましょう。僕は君に謝らなくてはなりません。

なぜかといって、今回僕が立てた策略は、橙子本人を——そしてその背後に存在する警察を罠に掛けるだけではありません。僕の弁護人であり、親友でもある君をも欺くものだったからです。

君が熟読してくれたはずの十一月四日付の最後の手紙——。僕が橙子宛てにしたためたあの書簡が、実際には橙子の目に触れていないどころか、投函すらされないダミーだったと告白したら、君はどう思うことでしょうか。

手紙を利用すること自体がすでに一つのトリックである。さきほども書きましたが、それこそが今回の僕の計画の中核だったといっても過言ではありません。

とはいっても、そこで僕が開示した推理——橙子・庸平さん共犯説は、僕が最終的に到達した結論というべきもので、そこにはなんの嘘も誇張もありません。むしろ話は逆で、それが紛れもない真実を指摘しているがゆえに、あの書簡を橙子に見せることはできなかったといったらいいでしょうか。

僕が橙子を疑っていることを知ったら、プライドの高い彼女のことです。どんな反応を示すか分かったものではありません。めでたく所期の目的を達成するまで、本心は徹底的に隠し通す必要がありました。

ともあれ、憎悪という狂気に駆り立てられた人間は、信じられないほど醜悪になれるものです。あの投函されなかった手紙に代えて、現実に彼女が受け取った同日付の手紙は、我ながら反《へ》吐《ど》が出るほどにあざとい恋文でした。

僕は、彼女が僕のために庸平さんを殺害したことに驚愕したふりをし、それでもなお彼女を愛していると告白し、さらには、残された人生を彼女とともに過ごしたいと持ちかけたのです。

その結果については、お話しするまでもないでしょう。僕の提案に、橙子は一も二もなく飛びついてきました。

心中の現場に残されていたあの最後の手紙は、警察に読ませるために――そして誰よりも君に読ませるために――僕があとから封筒の中身を差し替えたものにほかなりません。

無二の親友を欺くことは、正直、想像していた以上につらいものがありました。

しかし、これは遊びではなく、僕の命をかけた戦いです。最後には、かならずや君も理解してくれる――。いまの僕はそれを祈るしかありません。

けれどその前に、君を悩ませたに違いないあの心中事件はなぜ起きたのか。

そして事件の当日――といっても、僕にとっては、それはまさに今日の出来事なのですが、橙子と僕の間で何があったのか。

僕はこんどこそ、君に嘘偽りのない真実を話そうと思います。

橙子本人にも第三者にも、僕たちは一つだと思わせておいて罠を仕掛ける――。今回の僕の企みをひと言で表すなら、やはり偽装心中作戦がふさわしいでしょうか。

その意図するところはむろん、この心中事件について君や捜査関係者に疑問を抱かせ、僕が彼女に殺されたように見せかけることにあります。

そのためには、まず手始めに彼女に迎合し、その懐に飛び込み、油断させなくてはなりません。十一月四日付の僕の最後の手紙が届いたあと、僕たちは、当然のなりゆきとして結ばれる結果となりました。

四十二年間の空白を跨いで再燃した老いらくの恋――。それはもはや派手な炎を上げることはなく、赤く静かに熱を放つ消し炭のようなものです。僕たちの逢瀬は、誰に告げることもないままに深くひっそりと進行しました。

もっとも、僕はそれまでに何度も楡邸を訪ねていましたが、その逆は一度もありませんでした。橙子はそれが不満だったようですが、仮釈放中の殺人犯の住まいに女が出入りをすれば、周囲のいらぬ関心を呼びかねません。慎重なうえにも慎重な行動が求められたわけです。

橙子が僕の暮らしぶりを見たがっている――。なんにしても、この状況を利用しない手はありません。作戦の実行は、彼女を僕の家に招くことから始まりました。

携帯電話を持たない橙子との連絡手段は、当然固定電話になります。

決行の二日前の土曜日、いつものようにその日の報告をし合ったあと、

「こんどの月曜日、よかったら僕の家に来ないか。出前をしてくれるおいしい鰻屋を見つけたん

だよ」

　さりげなく持ちかけると、

「まぁ、うれしい」

　思ったとおり、橙子は歓声を上げました。

　やっとここまで来た。そんな喜びが声音に溢れています。

　ここで鰻を持ち出したのも、もちろん周到な計算の結果でした。鰻は昔から彼女の好物です。嫌というはずがありません。老人カップルの最後の晩餐としても鰻重は打ってつけで、消化に時間がかかるところも、僕は気に入っていました。

「鰻なんて、ずいぶんひさしぶりだわ。ねえ、ご相談ですけど、もしあなたのご都合がよろしければ、一日早めて明日ではどうかしら」

　案の定、彼女は少しでも早く会いたがりました。

「それがダメなんだ。日曜祭日は鰻屋が休みなんだよ」

　僕は子供をあやすような口調になりましたが、実はこの会話は想定の範囲内で、実行日が月曜日であることは最初からこの計画の絶対条件の一つでした。

　なぜかといえば、楡邸に家政婦が来るのが毎週月曜日だからで、死体の発見は死後一週間程度が理想的ですし、ごみの収集日の関係でも、月曜日は絶好の条件を備えていたのです。

　翌日曜日、僕は市内の量販店で出刃包丁を購入しました。

　数ある刃物の中から新品の出刃包丁を選んだ理由は、剃刀より切れ味がいいこともありますが、もちろんそれだけではありません。

出刃包丁は橙子にとって馴染み深い道具ですし、この作戦には事件前日の日付のレシートとプラスチックケースがどうしても必要で、どちらかといえば、そちらの比重が大きかったといってもいいでしょう。

台所の引出しの中、わざとらしくメモ帳に挟まれた一枚のレシートと、家中どこを探しても見つからない空のプラスチックケース――。君がこんなシグナルを見過ごすことはあり得ません。僕は自分が仕掛けるトリックの成功を、探偵役としての君に託すことにしたのです。

それにしても……。君がいいたいことは分かります。

おまえはなぜそこまで橙子に殺されることにこだわるのか。自分も死ぬ気でいるなら、心中を偽装するだけで充分ではないか――。君は疑問に思っているはずです。

確かに、彼女が現実に行った犯罪を告発することと、実際には行っていない犯罪をでっち上げることは、質的に異なる行為だと認めざるを得ません。

たとえ前者の目的を達するためであっても、後者はぜったいに許されないといわれてもしかたないでしょう。

けれど、考えてみてください。四十二年前の事件の真犯人は橙子だった――。仮にその推理が的を射ていたとしても、証拠は何もありません。橙子本人が事実を認めないかぎり、第三者を納得させるのは不可能というものです。

ならば、その状況を逆手に取るのがいちばんです。

楡家の女当主が、合意の心中と見せかけて、その実は仮釈放中の義兄を殺害し、自分はあと追い自殺を敢行していた――。そんなショッキングな事件が勃発したら、一大スキャンダルとして世間の注目を集めるに決まっています。

そこですかさず公表されるふたりの往復書簡――。そのやり取りの中で、ふたりが推理合戦を繰り広げた挙げ句、橙子が僕に真相を看破され、その罪を糾弾されていた事実が明らかになります。

なんと橙子が澤子と芳雄を毒殺した真犯人だった――。人々は四十二年前の楡家殺人事件の真相に目を瞠るはずです。

そして、その橙子が共犯者の夫の口を封じ、最後は僕を道連れに自殺を遂げた事実こそが、彼女が正真正銘の殺人者であることを雄弁に物語っていることに、人々は気づくはずです。

実際の話、これ以上鮮烈に橙子犯人説を――そしてこの僕が不幸な無辜《むこ》の被害者であった事実を――アピールする作戦があるでしょうか。

僕に残された時間はかぎられています。迷っている暇はありません。僕はどうあっても橙子に殺される必要がありました。

そしてそのためには、僕はなんとしても、自殺に見せかけて彼女を殺害しないわけにはいかなかったのです。

出刃包丁と並んで作戦遂行に必要な睡眠薬は、決行の三日前、橙子から分けてもらった彼女の常備薬を活用しました。

大胆不敵なわりには神経質なところのある彼女は、以前から不眠症の気があり、医者から処方される睡眠薬を服用していたようです。

「実は僕も最近、あまり寝つけなくてね。睡眠薬ってそんなに効くのかな」

さりげなく話題を振ってみると、彼女はすぐさま反応を示しました。

「だったら、わたくしのお薬を試してごらんなさいな。今朝いただいてきたばかりで、とてもよく効きますから」

茶簞笥の引出しから薬袋を取り出し、一週間分の錠剤を渡してくれたのです。

そこまではいいとして、この睡眠薬を当日、それと気づかれずに彼女に服用させるにはどうしたらよいか。つぎなる課題はそこですが、これについては、僕はあるアイデアを温めていました。

橙子は昔から甘いものに目がありません。なかでもこってりと甘い和菓子が大好きで、食後の甘味は欠かせないものになっています。僕はそこで、彼女のためにひと口サイズの抹茶羊羹《ようかん》を手作りすることにしたのです。

手作りの羊羹といっても、作り方はいたって簡単です。細かく刻んだ市販の羊羹に砂糖と抹茶と水を加えて煮溶かし、小さな型に流し込むだけ。もちろん、そのうちの半分に粉末状にした睡眠薬を練り込むのがミソで、抹茶の持つ濃厚な味と香りが薬品独特の苦みと臭いを消してくれるというわけです。

たとえ少々味が変でも、恋人が自分のために作ってくれたデザートを、当人の目の前で吐き出せるはずがありません。僕は高を括っていました。

こうして完成したひと口羊羹ですが、我ながらみごとな仕上がりです。僕は自分の技量に自信を深めました。

これで準備は万端で、あとは決行を待つばかり――。とはいっても、計画に思わぬアクシデントはつきものです。当日、約束の時間きっかりに現れた彼女の姿を認めたときは、安堵のあまり心の底からの笑みが浮かんだものでした。

もとより橙子は嬉しさを隠せないのでしょう。歳相応の控えめないで立ちの中でも、匂い立つほどの色気を放っています。

むろん容姿だけでいえば、もっときれいな女はいくらでもいますが、やはりこの女は特別なのだ――。時代も年齢もどこかに置いてきたようなその超然とした佇まいに、僕はあらためて、かつて自分がこの女に惹かれたことを納得せずにはいられませんでした。

手狭な住まいながら家の中をひととおり案内し、たわいもない会話を交わすうちに、注文しておいた鰻重と肝吸いが届きます。

女房きどりの橙子がいそいそと立ち働いたことはいうまでもありません。そんな僕たちの姿を配達人に目撃させることも、当然計算のうちだったわけですが、ここで鰻の出前を頼んだのには、実はもう一つの意味がありました。

死亡推定時刻は胃の内容物の有無や消化具合によって左右される――。そこに着眼した僕は、自分の死亡日時について、ある偽装工作を仕掛けることにしたのです。

といっても、べつにむずかしいことはありません。ふたりそろって食卓に着き、まずはビールで乾杯をし、鰻重をゆっくりと五分の一ほど食べたところで、

「うーん、どうしたんだろう。ぜんぜん食が進まないな」

僕はおもむろに箸を置きました。

「あら、どうなさったの」

鰻好きだけあって、早くも半分近く食べ終えていた橙子がびっくりした顔を向けてきますが、ここはさりげなく振る舞うことが肝心です。

「昼飯が重かったのかもしれない。なに、少し時間を空ければ食欲も出るだろう。これはあとで食べることにするよ」

鰻重を脇に追いやると、

「ならいいのですけど……」

それでも箸を休めて心配そうな橙子に、

「いいから君は食べなさい。君のために鰻にしたんだからね」

僕は優しく微笑みかけました。

解剖の結果、僕の胃袋から未消化の鰻飯やお新香が検出されるためには、この鰻重を食べるのは翌日になってから――それも死ぬ一、二時間前でなくてはなりません。

熱々の鰻重はすこぶる美味でしたが、これ以上食べるわけにはいかないのです。

そんなこととは露知らず、橙子はよほどおいしかったのでしょう。

「じゃあ、わたくしは遠慮なくいただきますわ。とてもおいしいんですもの」

ふたたびせっせと鰻飯を口に運んだのです。

すっかり満足した様子の橙子が帰途についたのは、その日の午後八時半過ぎのことでした。当然タクシーを利用したはずで、おそらく九時前には楡邸に到着すると思われます。

そこで僕は、十時到着を目途に彼女のあとを追うことにしました。

十時というのは人目を避けたかったからですが、それでも、誰がどこで見ていないともかぎりません。家から五百メートルほど離れた大通りでタクシーを拾い、楡邸のはるか手前で降りたのは、万が一にも身元が割れるのを警戒したためです。

楡邸の合鍵は橙子から渡されていました。いつでも好きなときにサプライズ訪問が可能なように――。その女心が仇になるとは、さすがの彼女も想像しなかったことでしょう。

そっと玄関を開けて屋敷内に足を踏み入れると、まだ寝るには早かったとみえます。橙子は居間兼用の応接間で本を読んでいました。

「あら、こんな時間にどうなさったの」

突然の事態に戸惑いを隠せない彼女に、

「どうしても、君に会いたくなってしまった」

僕は精いっぱい恋する男を演じてみせました。

「それに、さっきはうっかりしちゃってね。僕の手作りのデザートを食べさせるのをすっかり忘れていた。ちょっと遅いけど、一緒に食べないかい？」

僕は持参した肩掛けバッグから、千代紙が貼られた小ぎれいな箱を二つ取り出しました。デパートに出店している老舗の和菓子屋で購入した茶菓子用の小箱で、もともとは色とりどりの落《らく》雁《がん》が入っていたものです。

赤い箱が橙子用、青い箱が僕用で、それぞれにひと口サイズの特製羊羹が四個ずつ。小さな竹の楊枝を添えてあります。中身の羊羹はまったく同じに見えますが、彼女の方は睡眠薬入り、僕の方は睡眠薬なしであることは説明するまでもないでしょう。

「まぁ、これ、本当にあなたがお作りになったの」

橙子が目を丸くしたのも無理はありません。

「この間、新聞に作り方が載っていたんだよ。君が喜びそうだと思って作ってみたら、意外にうまくできてね」

愛情のこもった眼差しを向けると、

「じゃ、いまお茶を淹れますわ。ちょっとお待ちになってね」

橙子はさっそく台所に向かいました。

手作りデザートを出し忘れたなんて、ずいぶんと見え透いた口実だこと——。小さく揺れる背中がそう語っています。出だしは上々というわけです。

もっとも、僕の方は甘い夢をみるどころではありません。死亡推定時刻の算定で頭がいっぱいでした。

橙子が確実に僕よりあとに死んだと警察に思わせるには、解剖したとき、彼女の胃が空っぽかそれに近い状態であることが求められます。鰻は脂っこい食べ物なので、消化されるには四、五時間かかるのがふつうでしょう。

橙子が夕食を終えたのは午後六時過ぎのことですから、現時点では鰻重や肝吸いはあらかた消化されているはずですが、いまから睡眠薬入りの抹茶羊羹を食べることを忘れてはいけません。抹茶羊羹が完全に腸に下りるのは、どんなに早くても午前一時過ぎ。確実を期すなら、さらにあと二時間は必要になります。

ということはつまり、橙子殺害はそれまでお預けとなるわけで、僕は否応なく、楡邸で一夜を過ごすつもりの恋人を演じることになります。

とはいうものの、文句はいえません。なにより、特製抹茶羊羹の効用は期待以上のものでした。

「ああ、おいしいこと」

砂糖と抹茶がたっぷり入った羊羹は舌がしびれるほどに濃厚な味でしたが、僕への配慮からでしょう。橙子はパクパクと四個の羊羹を食べきってみせました。

「いや、ちょっと抹茶を入れ過ぎたかな。その分、甘くしたつもりなんだけどね」

僕の方はむろん、無理して喉に押し込んだことはいうまでもありません。

その間にも、いつ彼女が僕の謀略に気がつくか冷や冷やものでしたが、どうやらそれは杞憂だったようです。

初めのうちは少女のようにはしゃいでいた橙子が、しだいにろれつが回らずにトロトロし始めたと思うや、いつの間にか応接間のテーブルに突っ伏し、寝息を立てて眠り込んでいます。こうなったらもう泥人形のようなもので、試しにピタピタと頬を叩いても、目を覚ます気配はまるでありません。

ここに至って、僕はようやく安堵の吐息を漏らしました。

そうとなれば、さっさと行動するにかぎります。僕は用意してきた手袋を嵌めると、まずは風呂場に行き、浴槽に温めの湯を張りました。

僕がこれまでも何度か楡邸を訪れていることは秘密でもなんでもありません。屋敷内のどこから指紋が検出されても心配はないのですが、やはりここから先の行動は用心した方がいいでしょう。

小柄な橙子といえども、風呂場まで運ぶとなると容易ではありません。やっとのことで洗い場の床に横たわらせたときには、すっかり息が切れていました。

あとは台所から橙子愛用の出刃包丁を持ち出し、服を脱いで裸になれば、殺害準備は完了です。僕は大きく深呼吸をしました。

もっとも、その前に大事な仕事を片づけなければなりません。

橙子が、僕から送られた三通の手紙を手文庫にしまっていることは分かっています。その三通目、十一月四日付の手紙を取り戻し、代わりに例の同日付のダミーを封筒に入れれば、いとも簡単な誤導トリックの完成となります。

ほかには、橙子が淹れた煎茶の急須と湯呑茶碗を片づけ、抹茶羊羹の小箱を肩掛けバッグに戻し、代わりに量販店で購入した出刃包丁のプラスチックケースと量販店の名前入りの手提げ袋を取り出して、ゴミ容器に捨てるだけ――。

この地域のごみの収集日は、生ごみが月曜日と木曜日、それ以外のごみが火曜日であることは、むろん事前に調べてありました。

僕の手首を切った出刃包丁のケースや手提げ袋が、なんと楡邸のごみ容器から発見されるのです。橙子による偽装心中の証拠品として、これほど明確なものはないでしょう。

午前三時、僕はついに橙子殺しを決行しました。

料理好きの橙子がしっかり手入れをしている出刃包丁は、風合いも切れ味も申し分ありませんが、なにぶんにもか弱い女の自殺という設定です。それらしいためらい傷をつけておくことも怠りませんでした。

どくどくと出血が進む中、半分眠ったまま、それでも驚きの眼差しで裸の僕を見上げた橙子の心中に去来したものはなんだったのでしょうか。

夜中のうちに外に出て、職務質問でもされたら面倒です。きちょうめんな橙子ならきっとそうしたように、きちんと戸締まりをし、電気製品のコンセントもすべて引き抜くと、五時になるのを待って、僕は楡邸をあとにしました。

今日、僕がこれからするべきことは、身支度を整え、昨日残しておいた鰻重の夕食を食べ、ビールを飲み、橙子からもらった睡眠薬を服用すること。そして、ミスをすることなく殺人の被害者を演じきることに尽きます。

橙子と僕の遺体が発見されるのは、楡邸に家政婦がやって来るつぎの月曜日になるはずで、そのころになれば、解剖によって推定される死亡日時にはかなりの幅があることでしょう。

僕の告白もここまでとなりますが、これが、君の親友だった楡治重という男の真実の姿です。

正直いって、いまの僕にあるものは達成感にはほど遠い虚脱感でしかありません。

愛情も憎悪も――そして後悔も満足も――いってみれば紙一重。そのときどきで姿を変える人間の感情の表裏に過ぎないのでしょう。

僕への愛ゆえに澤子を殺した橙子も、橙子への憎しみゆえにその橙子を殺した僕も、つまりは似た者同士だったのでしょうか。

あれほどまでに橙子を憎みながら、現世に戻ってふたたび彼女を抱いた僕は、最後まで彼女への未練を捨てきれていなかったのかもしれません。

ともあれ、僕は目的を果たしたのです。

どうか僕を蔑み、嗤い、そして憐れんでください。

そのうえで、君の友人にこんな愚かな男がいたことをときどきは思い出してもらえたなら、僕にとってこれほど嬉しいことはありません。

追録

岸上義之法律事務所は、Q県庁・福水市役所を始め官公庁の庁舎が居並ぶ福水市のメインストリート沿い、九階建てのオフィスビルの八階にある。

築三十年近い旧式な建物だが、入居者はいずれも手堅い中小の会社や個人事務所で、いまふうではない落ち着いた佇まいはかえって好感が持てる。弁護士事務所としては、裁判所や検察庁にも徒歩数分で行ける絶好の立地条件だ。

あの楡治重の死から三ヵ月あまり。その岸上義之法律事務所の応接室で、槙村刑事課長はふたたび岸上弁護士と向かい合っていた。

槙村の完敗に終わった前回の対決は、しかしながら危惧したほどの痛手を受けずにすんだ。誰しもが楡橙子の悪女ぶりに度肝を抜かれたせいで、初動における東伊野原署の失点は最小限に抑えられたからである。

それどころか、その後の的確な対応により、刑事課長としての評価はむしろ高まっているのだが、いまここで岸上と対峙する槙村に明るさは毫《ごう》もない。

さっきから微動だにせず、厳しい顔を向けている。

「いずれあなたからお話があることは覚悟していました」

岸上がゆっくりと口を開いた。

老練の弁護士はあいかわらず冷静な口調を崩さないが、その目には隠しきれない憂慮が滲んでいる。

「やっぱり、先生は最初から気づいていらしたんですね」

槙村は目の前の男を睨みつけた。

楡橙子による偽装心中事件は、当初はふつうの心中だと考えられたことから、強制捜査は行われていなかった。そのため、例の全五通の往復書簡も当初は治重の身元引受人である岸上弁護士が保管し、その後、同弁護士から警察が任意提出を受けたのだが、そこで問題が発生した。

これらの書簡はあくまでも個人の私信であり、そもそも公表を予定したものではない。死者といえども最低限の名誉は守られるべきである――。岸上はそれを口実に、警察に引き渡す以前に、そのうちの一部をすっぽり墨汁で塗りつぶしていたのである。

それはどの部分かといえば、平成二十年十一月四日付の治重の書簡の本文中、終わりから三十三行目から五行目までの二十九行。文章でいうと、〈と、ここまで衝動に突き上げられるままに書き連ねてきましたが〉から〈何が正しくて何がぜったいなのか、どうして断言できるでしょうか〉までとなる。

なにしろ当初は刑事事件ではないと目されていたのだから、証拠隠滅罪に問うことはできない。老獪な弁護士のことで、そこは先刻承知のうえでの行動に違いなく、警察としては腹立たしいかぎりである。怒り心頭に発するとはこのことだ。

もっとも塗りつぶされたその中身はといえば、事件の真相を知った治重が興奮するあまりに口走った暴言に過ぎない。犯罪予告どころか脅迫ともいいがたいのだが、元弁護人としては看過するわけにはいかない――。岸上は一貫してそう主張した。

「先生もご存じのとおり、我々は最初、あの事件を単純な心中だと思い込んでいました。ですから、問題のあの往復書簡も『こりゃまた、厄介なものが出て来たわい』とね。できれば無視を決め込んでやり過ごそうとしたわけですが、いま思えば、その役人根性が仇となりました。あの書簡――とりわけ治重さんの最後の書簡には重大な問題があることを見過ごしてしまったからです」

苦みを帯びた槙村の声が静かな室内に沁みていく。

「ですが、岸上先生ともあろう方がそれに気づかなかったことはあり得ません。これはまずい――。危機感を持ったあなたは、死者の名誉を守るためだと称して書簡の一部を塗りつぶしましたが、それは、治重さんが犯した致命的なミスをカバーするための苦肉の策でした。

あなたはそのうえで、何食わぬ顔でこの私に面会を求め、楡橙子によるあの偽装心中説をぶち上げたわけですが、あときの私は昼行灯《ひるあんどん》だったといわれてもしかたありません。まんまとあなたの計略に引っかかり、橙子を治重さん殺害犯人に仕立てるアシストをさせられたんですからな。

でも、いまなら私にも分かります。あなたが本当に隠したかったものは、死者の暴言などではない。治重さんこそが橙子さんを殺害した紛れもない殺人犯だという事実、そして、その裏づけとなる動かぬ証拠の存在です。

彼があの往復書簡に書き記したよけいな一文――。それさえなければ、治重さんは完全犯罪を成し遂げていたのではありませんか？」

畳み掛ける相手に、しかし岸上は無言のままだ。

槙村は一つ大きく首を横に振ると、先を続けた。

「治重さんの最後の書簡だと我々が信じ込まされていた十一月四日付の書簡。あれは、実際にはもっとあとで書かれたものです。その証拠に――私の記憶が正しければ――あの書簡には、明らかに平成二十年十一月四日よりあとに起きた出来事が記載されていました。


繰り返しますが、四十二年間。それは本当に長い時間でした。

その間に、世の中は急速に変わっています。

なにしろ、米国の大統領選でアフリカ系アメリカ人のバラク・オバマが当選を果たしたくらいです。忘れもしない、僕らが苦しくもせつない青春を過ごした昭和のあの時代――米国で公民権運動が高まりを見せていた一九六〇年代には、想像もできないことでした。


そう、あの文章がそれです。

バラク・オバマが第四十四代アメリカ合衆国大統領に選出されたのは、確かに平成二十年十一月四日の出来事で、そのこと自体は間違いではありません。

ですが、それはあくまでも米国時間の十一月四日――、それも大統領選挙が実施された日付であって、正式にオバマの勝利が確定したのは、全米五十州と首都ワシントンでの全集計を終えた十一月十九日のことなのですね。

それは別にしても、そもそも東京とワシントンでは十四時間の時差があります。日本時間の十一月四日は、米国ではまだ投票が行われている最中でした。予知能力でもないかぎり、ここまで断言できるわけがありません。

米国は国土が広いこともあって、早ければその日のうちに選挙結果が判明する日本とは事情が異なるのですが、服役生活が長かったせいでしょうか。さすがの治重さんもうっかりしたんでしょう。

もっとも、同日付の消印のある封筒に入っていたからには、その日、それとは別の書簡が実際に治重さんから橙子宛てに送られたことは確実ですね。彼は我々警察を――そしてほかならぬ岸上先生を欺くために、おそらくは彼女が死んだあとで封筒の中身を差し替えたのだと思われます。

それでは、治重さんはなぜそんな行為におよんだのか？　これはもう説明するまでもないでしょう。長い服役生活の中であれこれと推理をめぐらせた結果、橙子こそが自分の憎き敵であったことを確信した彼は、書簡という形態を最大限利用して、復讐を遂げることを思いついたんですな。

愛する男から殺しても足りないとまでいわれれば、たとえその後赦されたとしても、女として安閑としてはいられない――。誰もがそう思うことを見越して、彼はあえてあの過激な文章を書き記したのです。つまり、自分は精神的に追い詰められた楡橙子に殺されたと見せかけて、実際には治重さんの方が橙子を殺したというわけです」

「ということは、あなたは、四十二年前の事件の首謀者が橙子さんだった事実は疑っていないのですね？」

ここで岸上が口を挟んだ。

「そのとおりです」

槙村がきっぱりと答える。

「彼女は自身の書簡の中で、自分が夫大賀庸平を殺害したことを認めています。その理由として、優柔不断な夫への怒りだの、不毛な結婚生活への絶望だのと述べていますが、およそ夫殺しの動機として納得できるものではありませんな。治重さんの言ではありませんが、そんなにいやなら離婚すればいいんです。

むしろ治重さんが指摘しているように、夫を自分の野望を実現させる道具に使い、用済みになったところで口を封じたと考える方が、ずっと自然でしょう」

「なるほど」

「なんにしても、橙子という女がおそろしく奸計に長けていたことは間違いありません。さすが推理小説マニアだったというだけのことはある。まぁ、そうはいっても、被害者が犯人――、他殺に見せかけた自殺というアイデアは、いかんせん無理筋でしたね。

現に、四十二年前の彼女の試みは完全な失敗に終わっています。彼女が澤子さん犯人説を唱える前に、なんと治重さんが自首してしまったこともありますが、そもそも治重さんは最初から、犯人は澤子さんではあり得ないことを知っていたんですからな」

「まあね」

岸上が小さくうなずく。

「ですが、治重さんも治重さんで、これまたたいした根性の持主ですよ。彼は、あの書簡を残すことによって、橙子の陰謀を暴くだけでは満足しなかったんですね。

他殺に見せかけた自殺――。彼はあえて敵のアイデアを借用し、あたかも自分は橙子に殺されたかのように偽装したうえで、逆に彼女を殺害したわけです。みごとなまでの復讐劇というしかありません」

「もちろん、彼が仕掛けた偽装工作にそういう側面があったことは否定しませんがね。彼が橙子さんを殺したいちばんの理由は、治重さんが橙子さんに殺された形を創り出すことが、自分の推理を警察や世間に納得させる最善の方法だったからでしょう」

感嘆しきりの槙村とは対照的に、岸上はいつしか遠い目になっている。

槙村は黙って先を促した。

「橙子さんが心中に見せかけて治重さんを殺害した事実ほど、橙子さん犯人説を裏づけるものはありませんからね。

それに、もう一ついわせていただけるなら、彼ほどの男がなんの煩悶も葛藤もないままに橙子さんを殺害し、あまつさえその彼女に殺人の濡れぎぬを着せたとは、私にはどうにも信じられないのです。彼はそこまで羞恥心のない人間ではありません。

そこで私は思うのですが、あなたが先ほど『彼があの往復書簡に書き記したよけいな一文』と評されたあの文章――。あれは本当に治重さんのうっかりミスだったのでしょうか？」

「というと、治重さんは意図的にあの一文を書き加えたというんですか？」

首を捻る槙村に、岸上は憂いを帯びた笑みを浮かべてみせた。

「仰るとおりです。彼はあえてあの誤った記載をすることで、警察や私に真相を読み解くヒントを残したのではないか。要するに、あれは彼の良心の発露だったのではないか――。私にはそう思えてならないんですよ」

「…………」

「彼と私はこの四十二年間、ある意味一心同体でした。私が治重さんという人間を知っているのと同じように、彼は私という人間を知っていました。彼はあの書簡を残した時点で、それを読んだ私がどんな行動に出るか、すべてを予測していたに違いありません。

なんにしても、私がしたことをどう評価されようが、それはあなたの自由です。どんな非難でも、私は甘んじて受ける覚悟があります」

岸上の口吻《こうふん》には揺るぎがない。

「またもや、私の完敗ということですな」

ようやく口を開いた刑事課長に、

「それは、もしかしてあなたには、治重さんによる今回の殺人を摘発するお考えはないということでしょうか？」

　相手は鋭い眼差しを向けてくる。

　槙村は、あらためてこの元弁護人に正面から向き合った。

「あの事件はすでに被疑者死亡で片がついています。加害者も被害者もどちらも死んでいる。いまさらひっくり返す必要はないでしょう」

「そうですか……」

「それに、たとえ治重さんが殺人犯だったとしても、です。彼はそれまでに、もう充分過ぎるほど罪を償ってきました。違いますか？」

　槙村の口吻はあくまでも穏やかだ。

　楡治重の罪は、取りも直さず警察の罪でもある。

　無言で頭を下げる老弁護士を、槙村はじっと見つめていた。

カバー写真／ Shutterstock.com

フォーマットデザイン／川島進

【著者】深木章子（みき・あきこ）

1947 年東京生まれ。東京大学法学部卒。元弁護士。2011 年に島田荘司選第 3 回ばらのまち福山ミステリー文学新人賞受賞作『鬼畜の家』でデビュー。発売直後から話題となり多くのメディアで紹介される。ほか主な作品に『衣更月家の一族』（第 13 回本格ミステリ大賞最終候補）、『螺旋の底』（第 14 回本格ミステリ大賞最終候補）、『ミネルヴァの報復』（第 69 回日本推理作家協会賞最終候補）、『殺意の構図』『消えた断章』『極上の罠をあなたに』など。

ミステリー・リーグ

欺瞞《ぎまん》の殺意《さつい》

2020年2月21日　第1刷

著者…………深木章子《みきあきこ》

装幀…………坂野公一（welle design）

発行者…………成瀬雅人
発行所…………株式会社原書房

〒160-0022 東京都新宿区新宿 1-25-13
電話・代表 03（3354）0685
http://www.harashobo.co.jp
振替・00150-6-151594

印刷…………新灯印刷株式会社
製本…………東京美術紙工協業組合

ISBN978-4-562-05735-1, Printed in Japan